♀ SHE

Ceci est une œuvre de fiction. Les personnages et les situations décrits dans ce livre sont purement imaginaires : toute ressemblance avec des personnages ou des événements existant ou ayant existé ne serait que pure coïncidence

*Je sais que Dieu n'est pas une
femme, car une femme n'aurait
jamais créé l'homme avec tant
d'imperfections !*

Jill Considine

chromosome

Syllabification: chro·mo·some

Pronunciation: ˈkrōməˌsōm

Biology

A threadlike structure of nucleic acids and protein found in the nucleus of most living cells, carrying genetic information in the form of genes. Each chromosome consists of a DNA double helix bearing a linear sequence of genes, coiled and recoiled around aggregated proteins (histones). Their number varies from species to species: humans have 22 pairs plus the two sex chromosomes (two **X chromosomes** in **females**, one X and one Y in males).

Oxford Dictionary

Les femmes qui cherchent à être
l'égal des hommes manquent
singulièrement d'ambition !

J.M Reiser

Chapitre 1-SHE MacDonald IV

Lawrence avait enfin fini par maitriser son odeur qui, comme chez tous les hommes, était un peu envahissante. SHE MacDonald IV était plutôt fière, sans véritable raison d'ailleurs, de l'avoir gardé, contre vents et marées, toutes ces années. Les autres membres du Harem nord-américain s'étaient moquées d'elle à maintes reprises mais, Déesse merci, cela n'avait pas dépassé le stade de la plaisanterie. Elle avait craint pour une courte période que la branche d'obédience républicaine, menée par SHE 2 Harrison IV, n'utilise le fait que Lawrence était un primate à des fins purement politiques. Elle n'aurait alors pas pu résister longtemps, et aurait probablement dû se résigner à employer un *gay guy* ou une femme, comme toutes les autres ministres du gouvernement de la Colombie Nord-Américaine, communément appelé le Harem.

— Nous y serons dans dix minutes, SHE MacDonald.

— Merci Lawrence.

Elle tenait à Lawrence bien plus qu'elle n'osait l'avouer à ses collègues du Harem et bien plus qu'il n'était raisonnable. Il faut dire qu'il était vraiment viscéralement attaché à elle et à sa fille. Il aurait donné sa vie pour elles, ce qui importait beaucoup car il y avait toujours une part d'impondérable dans les primates. Elle avait cependant passé le cap où elle s'avouait que cette part d'impondérable l'intriguait. Lawrence avait toujours des histoires originales à raconter si, et seulement si, elle l'incitait à se livrer.

— Et nous y voilà, dit Lawrence en atteignant la « barrière » de sécurité du Harem qu'on appelait la Maison Blanche un siècle auparavant.

Les cinq molosses à l'entrée de la grille menèrent les vérifications d'usage. Elles scannèrent l'ensemble du véhicule et analysèrent un échantillon de l'air du siège avant pour confirmer l'absence de trace d'infection chimique. Les gardes firent ensuite sur SHE MacDonald IV les trois contrôles classiques. Rétine, ADN et surtout mémoire. A cette époque où tout consortium un peu fortuné pouvait copier et imiter la

3

structure d'un ADN, la vérification mémorielle était, de loin, la plus efficace.

Le principe en était simple. On plaçait sur la tête un casque qui ressemblait à un fer à cheval de l'époque du grand *far West*. Il enregistrait pendant une minute l'activité du cerveau en forçant l'activation de la mémoire, qu'il traduisait par une combinaison unique de 0 et 1, un peu comme les CD de l'ancien temps. Cette empreinte mémorielle était absolument unique et, surtout, inimitable. Contrairement à l'ADN qui était inné et pouvait donc être copié après avoir été analysé, la mémoire était acquise et s'enrichissait donc en permanence de nouveaux événements. On pouvait donc en théorie créer un clone en tout point semblable à SHE MacDonald IV. On n'était en revanche pas capable, en l'état des avancées scientifiques, de remettre dans le cerveau de ce clone l'empreinte mémorielle de la secrétaire d'état, pour peu qu'on ait réussi à la copier, ni surtout d'anticiper comment cette mémoire était appelée à évoluer. A ce stade, il s'agissait donc d'une arme imparable dans la vérification des identités.

La plus baraquée des gardes qui devait bien mesurer 1m85 et qui semblait avoir rejeté de son organisme tout ce qui n'était pas du muscle pur, jeta un regard méprisant à Lawrence. Non seulement, elle ne pouvait pas blairer les hommes et ne comprenait pas qu'on les autorise dans l'enceinte du Harem, mais elle était choquée que ce soit un membre du conseil qui prenne le risque de le faire pénétrer dans un endroit aussi stratégique. Le pompon c'était que ce type semblait être un primate si on en croyait ses analyses ADN.

Elle ne pouvait cependant rien y faire car les autorisations étaient en règle, et SHE MacDonald IV bénéficiait d'un passe-droit direct de la Présidente. Mais le passe-droit n'excluait pas une vérification musclée à l'ancienne. Elle fit donc sortir Lawrence du Speedo et lui imposa une fouille serrée sous les quolibets railleurs des quatre autres colosses. Elle semblait considérer comme une victoire personnelle de n'être pas intimidée par la morphologie masculine (pourtant impressionnante dans le cas de Lawrence, en dépit d'un âge avancé).

La secrétaire d'Etat resta dehors et regarda avec dégoût cette idiote essayer d'humilier son chauffeur. C'était encore une assez belle femme qui savait à merveille jongler avec la bienséance en matière d'habillement et, plus généralement, d'apparence extérieure. Elle portait ses cheveux blonds mi-longs, arborait toujours des tailleurs pantalons un peu cintrés et parfois des jupes longues, accompagnés de chaussures plates. Elle s'autorisait un collier et des boucles d'oreilles sobres et, bien sûr, réduisait le maquillage au strict minimum.

La règle était très simple, comme elle l'avait souvent expliqué à des débutantes qui lui rendaient visite pour leur premier jour dans son ministère :

— Vous ne voulez pas ressembler à des hommes mais vous voulez encore moins ressembler à l'image qu'ils aiment des femmes. Trouvez chaque jour le juste milieu et soyez vous-même.

Quel plaisir pouvait trouver cette garde imbécile à harceler un brave type comme Lawrence qui ne voulait de mal à personne, et qui n'était vraiment pas responsable, même s'il en pâtissait aujourd'hui, des millénaires de domination des hommes, dont d'ailleurs, l'imbécile en question, n'avait jamais eu à souffrir ?

Lawrence quant à lui pouvait avoir soixante ans et ne bénéficiait pas des renouvellements d'ADN qui auraient pu cacher son vieillissement. Il avait environ l'âge que devait avoir le père de sa fille, SHE MacDonald V. Ou plutôt le père qu'elle aurait eu si la Colombie Nord-Américaine avait levé l'anonymat paternel, ou si elle était née, il y a cent ans, avant la Calamité.

La ministre s'était toujours demandé quel effet cela pouvait faire d'avoir un père. Mais il n'était guère recommandé de se poser trop souvent et trop ouvertement ce genre de questions quand on était membre du Harem.

Bien sûr, SHE Delaney avait clarifié sans ambigüité dans la constitution de 2026 que seuls les droits de la femme importaient, et que la mère était le seul véritable parent. Comme tout le monde l'apprenait à l'école, cela ne faisait qu'officialiser un état de chose qui durait depuis des millénaires, et qui n'avait été rendu que plus évident par la IIIème guerre mondiale et l'impact désastreux des pesticides.

— Bonne réunion, SHE Macdonald, lui souhaita Lawrence en l'arrêtant devant la porte surmontée des sceaux de la Présidente de la Colombie Nord-Américaine.

Dans la société matriarcale que SHE Delaney avait officialisée, l'utilité des hommes était réduite au minimum, même s'ils fournissaient encore leur ADN qui était mélangé à celui des femmes pour assurer le renouvellement de l'espèce.

L'action de la mère fondatrice fut, à cet égard admirable. Dans les décombres de la guerre et de la Calamité, Elle aurait facilement pu imposer, de par son aura, que ledit renouvellement ne se fasse que par clonage des femmes. Mais Elle n'était pas certaine des conséquences d'une décision aussi extrême car, depuis la nuit des temps, la reproduction de l'espèce se faisait par le rapprochement d'un homme et d'une femme.

7

Bien sûr, Elle débarrassa cette reproduction de tout ce qu'elle avait d'obscène, de violent et de rabaissant pour la femme. Mais Elle inscrit dans la constitution de 2026 que seul un ADN féminin uni à un ADN masculin pouvait donner naissance à un être humain. Ce choix courageux, et peut-être un peu contre ses croyances, eut l'énorme avantage de mettre ce qui restait des forces religieuses de son côté. La papesse Alessandra 1ère, en particulier, avalisa cette décision dans sa bulle de 2035 neuf ans après que les prêtresses du bas clergé, qui avaient rejoint l'Eglise catholique dès 2017, l'avaient reconnu de fait.

Lawrence n'était pas issu de ce mode de reproduction. C'était un primate, c'est-à-dire qu'il était né dans la douleur d'une femme, après avoir passé neuf mois en gestation dans son ventre, et en conséquence de l'accouplement bestial de cette femme avec un homme. Il était fort rare de rencontrer des primates dans les cercles que fréquentait SHE MacDonald IV, et leur nombre était en chute libre selon les statistiques officielles. Pour autant ces statistiques n'étaient fiables que dans la Colombie Nord-Américaine (et l'étaient-elles vraiment ?) et dans l'Europe occidentale ou du moins ce qui en restait. En Afrique et en Amérique latine, il semblait que les primates persistaient en nombre important, un peu comme les fumeurs un siècle auparavant. En Asie où les femmes avaient également fini par prendre le pouvoir, des régions entières étaient retournées à la paysannerie et il était difficile de savoir si la reproduction clonique avait vraiment pris le dessus.

SHE Delaney avait su surfer sur la période exceptionnelle de l'histoire qu'Elle avait dû gérer, pour faire passer des mesures qui aurait pu prendre près d'un siècle à une autre époque. SHE Macdonald IV ne manquait jamais de se le remémorer en passant devant l'immense portrait de la première Présidente, dans le couloir menant au Cabinet Room où se réunissait, ce matin, le comité exécutif de la fédération : le Harem.

Elle oublia bien vite la bête humiliation imposée à son chauffeur. Elle avait d'autres soucis combien plus importants en tant que secrétaire d'Etat aux affaires intérieures (qui incluaient la sécurité du territoire) et qui devaient être discutés lors de la réunion de ce matin. Elle avait aussi des soucis en tant que mère car elle n'avait plus de nouvelles, depuis deux mois, de SHE MacDonald V, sa fille unique. Elle se demandait comment elle pouvait aspirer à être crédible dans la défense du territoire si elle n'était pas capable de garder l'œil sur sa propre fille.

Elle pénétra dans le Cabinet room où étaient déjà présentes les neuf autres membres du Harem. Les cinq Régentes de région de la fédération qui s'étaient, comme toujours, regroupées du côté droit du cabinet room. Elles considéraient avoir une supériorité sur les autres membres du cabinet,

9

conférée par leur statut de représentante élue de leur région. En effet, tous les cinq ans, les femmes dûment recensées élisaient leur Régente dans les cinq régions de la fédération : Côte Est, Midwest, Sud, Côte Ouest et Canada.

Mais les Régentes restaient assez discrètes sur cette pseudo-supériorité. D'abord les autres membres du cabinet avaient souvent su faire face au suffrage des électrices. SHE Macdonald, par exemple, avait été à deux reprises Régente de la Côte Ouest. Ensuite et surtout, parce que la Présidente de la fédération, SHE Delaney IV n'avait jamais eu besoin de passer par les urnes.

Les cinq secrétaires non élues du Harem étaient choisies par elle et couvraient l'économie, les affaires étrangères, la justice, la défense et les affaires intérieures. Les affaires intérieures dont s'occupait donc SHE MacDonald était de loin le secrétariat le plus compliqué. D'abord il regroupait un nombre de sujets complexes et très variés : Intelligence, Education, Santé, Intérieur… Ensuite c'était le ministère qui prêtait le plus le flanc à la critique des régions, tout simplement parce son périmètre empiétait sur les prérogatives des assemblées régionales, et impactait des sujets sur lesquels elles avaient des velléités de législation.

Enfin, l'un des sujets les plus sensibles, les affaires masculines, étaient rattachées à son ministère.

Son secrétariat cristallisait tout le paradoxe du mode de fonctionnement de la fédération. Car si personne n'aurait osé suggérer que la fédération n'était pas une démocratie, tout le monde savait qu'elle ne l'était pas vraiment. On devait à la vérité de reconnaitre que c'était un modèle hybride. Les régions fonctionnaient sur un modèle démocratique en tout…sauf en ce qui concernait les sujets, majeurs, qui n'étaient pas de leur ressort. L'Etat fédéral était lui, dirons-nous, une démocratie dirigée, au mieux. Certes les cinq Régentes de région élues étaient membres du Harem et pouvaient vraiment influencer ses décisions. Mais le dernier mot revenait toujours à la Présidente qui était l'héritière ADN de SHE Delaney. Le Sénat et la Chambre des représentants des anciens Etats-Unis avaient disparu. Les lois fédérales n'étaient donc pas votées mais constituaient, à dire vrai, des décrets.

SHE Delaney avait bien sûr maintenu la FED, et la Cour Suprême qui était toujours la gardienne de la constitution de 2026, et contestait parfois mollement tel ou tel décret. Elle avait aussi créé un Comité d'éthique à la reproduction et aux hommes. Mais la séparation des pouvoirs était plus théorique que réelle, car tous les membres de ccs institutions étaient nommés par un Harem que contrôlait, au final, la Présidente.

SHE Delaney IV pénétra dans le cabinet room et sourit à l'assistance. Elle attaqua tout de go :

11

— Chères membres du Harem, j'ai convoqué cette session extraordinaire pour discuter d'un phénomène qui a en lui les germes d'une menace très sérieuse.

Le cabinet était tout ouï même si, ni secrétaires ni Régentes n'ignoraient ce que la Présidente s'apprêtait à révéler.

— Quatre-vingt-dix pour cent des hommes en dessous de vingt ans sont redevenus féconds et, aussi bien en nombre qu'en vélocité, leurs spermatozoïdes ont retrouvé le niveau d'avant la Calamité !

— Est-ce vraiment dramatique Présidente ? demanda la Régente du Canada, SHE 2 Maisonneuve IV. Les hommes sont à notre service et ne constituent plus une menace.

— Ce ne sont pas les hommes qui me soucient, mais les femmes.

Sentant que la Canadienne ne comprenait pas elle reprit.

— Si les hommes sont de nouveau capables de participer à la procréation, certaines femmes vont de nouveau se laisser tenter et l'histoire de la domination masculine pourrait parfaitement recommencer.

— Mais qui donc voudrait accoucher dans la douleur après avoir porté comme une bête pendant neuf mois ? réplica SHE Maisonneuve horrifiée.

— Et qui donc voudrait s'accoupler bestialement avec un homme ? renchérit SHE 2 Harrison IV, la Régente du

Sud. Harrison était la représentante du courant le plus conservateur au sein du Harem. Elle faisait aisément preuve d'arrogance en raison du nom qu'elle portait qui trahissait une lignée directe avec la première vice-Présidente américaine.

— Détrompez-vous. Au moment où nous parlons, de nombreux primates naissent. En Afrique, en Asie et même sur le territoire de la Colombie Nord-Américaine.

— Il s'agit quand même de minorités, Présidente, qui se concentrent dans certaines régions et communautés intervint MacDonald.

— C'est juste mais le caractère limité provenait, jusqu'à il y a dix ans, de la rareté des hommes féconds. Aujourd'hui, l'offre risque de créer la demande.

Les membres du cabinet se regardèrent incrédules.

— Le problème vient aussi de ce que nous risquons de perdre le soutien des autorités religieuses, en particulier des vieilles religions renchérit la Présidente.

SHE MacDonald IV, qui était également ministre du culte acquiesça cette fois.

— Il est vrai qu'elles n'ont soutenu le clonage reproductif que du bout des lèvres et principalement parce que la reproduction de l'espèce ne pouvait pas se faire autrement. S'il est aujourd'hui possible de revenir à

13

l'ancienne « méthode », nous risquons de faire face, au minimum, à leur indulgence vis-à-vis des primates. Et en matièrc de religion, indulgence vaut acceptation !

— Il suffirait de taire cette résurgence de la fertilité masculine suggéra SHE Harrison

— Difficile, dit la Présidente car il semble qu'avec leurs spermatozoïdes les hommes aient retrouvé leur velléité de liberté ! L'information circule déjà.

— Nous avons effectivement un nombrc exponentiel de désertions confirma la secrétaire à la défense, SHE Kempten IV. Particulièrement dans la marine, aux abords de l'Afrique, de l'Asie et de l'Amérique latine. Comble de malheur, une technologie commercialisée en Europe permet de détruire aisément les mouchards de nos militaires.

La préoccupation remplaça l'incrédulité sur les visages. L'armée était non seulement un pilier de la fédération mais elle avait fonctionné tout le vingt-et-unième siècle comme un débouché/exutoire pour des hommes en quête d'une identité masculine, qu'ils ne pouvaient plus exprimer dans la reproduction.

— Il semble en résumé que nous ayons deux options reprit la Présidente : la répression ou l'émancipation. Les libérales européennes s'apprêtent parait-il à émanciper leurs hommes.

L'Europe, contrairement à la Colombie Nord-Américaine, élisait toujours ses Présidentes et la majorité de l'électorat était en faveur de l'émancipation des hommes qui jouissait déjà là-bas, de plus de libertés.

— Et pourquoi ne reviendrions-nous pas à la case précédente suggéra SHE Van Notten V la Régente du *Midwest* qui était une des plus impulsives du groupe.

Dix regards se tournèrent vers elle, interrogatifs.

— Pourquoi ne reprendrions-nous pas là où la Calamité a laissé les choses. En ce qui concerne la stérilité je veux dire.

— Vous voulez dire ? interrogea la secrétaire.

— Vous savez très bien ce que je veux dire reprit l'autre. Pourquoi ne nous assurons pas que les hommes restent stériles ?

— C'est une possibilité, admit la Présidente froidement, à la surprise de MacDonald.

— Ça n'a aucun sens ! s'insurgea SHE Garcia IV qui était la Régente de la Côte Ouest et très proche de SHE MacDonald. Nous avons toujours eu un pourcentage élevé d'hommes féconds sur la Côte Ouest et cela n'a jamais constitué une quelconque menace pour la sécurité, ni pour le statut des femmes.

15

— Mais vous avez le plus haut pourcentage de primates de la Colombie surenchérit SHE Van Notten.

— Simplement parce que nos recensements sont inclusifs, contrairement aux vôtres qui sont fantaisistes rugit la Régente californienne. Et cela ne trouble en rien l'ordre public.

Elle représentait de loin la région la plus importante pour la Colombie Nord-Américaine et ceci depuis la Calamité. Le poids de l'agriculture organique avait amorti quelque peu les méfaits des pesticides dans la région et les effets sur l'économie avait donc été moindres, tandis que le reste du pays sombrait. Non seulement sa région était la plus importante, mais elle jouissait, à titre personnel, d'une popularité insolente, qui la faisait réélire tous les cinq ans haut la main. Pire encore, les sondages montraient que même si les hommes avaient accédé au statut de citoyen elle aurait encore été réélue haut la main, car la Côte Ouest avait déjà poussé les droits des hommes au maximum tolérable. Au maximum tolérable, sans entrer en conflit avec la constitution fédérale, s'entend.

— Cela reste cependant une option trancha la Présidente. Mais ce ne pourrait être qu'en dernier recours car elle présente trop de risques.

— Sans compter que ce serait parfaitement non éthique et pour tout dire franchement criminel lâcha SHE Garcia IV.

La Présidente la regarda durement. Elle se méfiait comme de la peste de la popularité de SHE Garcia. De nombreuses voix se levaient pour réclamer une véritable démocratie en CNA et elle savait que si on en venait un jour aux élections, SHE Garcia serait, sans le moindre doute, la prochaine Présidente.

— Nous n'en sommes pas là interjeta avec autorité SHE Macdonald IV. Nous perdrions tout soutien des autorités religieuses, risquerions des émeutes dures à maîtriser et serions montrées du doigt par le reste du monde. La meilleure solution serait probablement de reconnaitre le mode de reproduction des primates mais de ne pas la recommander.

— Ce ne sera pas suffisant pour empêcher sa propagation objecta la Présidente.

— Vous pourriez parfaitement amender la constitution s'immisça SHE Weinberg IV qui était la Régente de la Côte Est et tendait à ne pas prendre parti si ce n'était pas absolument indispensable.

— Amender la constitution ? demanda la Présidente.

— Oui, en stipulant que seules les femmes issues de la reproduction clonique peuvent accéder à la complète citoyenneté et par conséquent voter et être employées par l'Etat.

Pour machiavélique, c'était machiavélique pensa SHE MacDonald, mais parfaitement applicable si la Présidente le souhaitait. Les parents qui décideraient de revenir à la reproduction sexuelle condamneraient leurs enfants à une caste inferieure. Ce serait donc probablement assez efficace mais ferait basculer la Colombie Nord-Américaine encore un peu plus du côté de la dictature. Elle se garda bien cependant d'exprimer tout haut cette opinion.

— Ce n'est pas si simple rétorqua SHE 2 Kowalski IV, la ministre de la justice qui couvrait les relations avec la Cour Suprême. Amender la constitution requiert comme justification un changement majeur dans la société. Nous devrions donc à coup sûr reconnaitre le retour des hommes à une capacité reproductrice directe et ouvririons, par là-même, une boite de Pandore car cela voudrait dire que tous les articles justifiés par la Calamité devraient être revus. Comme les amendements se font, en général, de manière groupée afin de limiter la perception de yoyo que ces changements peuvent donner au peuple, il nous faudrait donc un certain temps pour coordonner tous les changements sur différents thèmes que nous insérerions dans cette révision. En résumé, techniquement faisable mais pas si simple et plutôt long.

— Du point de vue de la croissance s'immisça SHE Bazile IV, ministre des finances, et seule Africaine-Américaine du Harem, réintégrer les hommes en tant qu'agents économiques normaux est incontestablement dans notre intérêt. L'avance actuelle des femmes est telle qu'ils resteraient de toute façon, pour longtemps, sous-payés et subalternes. Mais leur donner l'espoir d'une ascension sociale ne peut qu'être un plus car, à l'instar de ce qui se passe dans l'armée, nos meilleurs cerveaux masculins disparaissent et émigrent vers l'Europe, l'Amérique latine voire l'Asie.

— On ne va quand même pas revenir à la situation pré-SHE Delaney éructa SHE Van Notten en utilisant l'arme absolue, c'est-à-dire la référence à la première Présidente.

— On peut sûrement trouver des compromis intermédiaires dédramatisa SHE De Lorenzo III en démontrant les qualités de diplomatie qui la faisait briller à son poste de ministre des affaires étrangères depuis quarante ans. Autoriser les hommes à entreprendre et occuper les plus hautes fonctions dans le privé par exemple, mais leur fermer l'accès à la gestion de l'Etat.

— Ce serait recréer une *bourgeoisie* et une *noblesse* siffla SHE 2 Harrison IV. Et l'histoire nous a montré que c'est toujours l'argent de la bourgeoisie qui gagne.

— La différence est que les femmes occupent aujourd'hui toutes les hautes positions dans le privé ou plutôt ce que vous appelez la *bourgeoisie*. Et qu'il y a beaucoup de passages entre le privé et le publique. A titre d'exemple, la majorité des membres du Harem ont travaillé dans le privé à un moment ou à un autre (ce n'était pas le cas de SHE Harrison qui était une pure politicienne). La séparation caricaturale entre privé et publique, ou *bourgeoisie* et *noblesse* comme vous les appelez, qui prévalait au dix-huitième siècle, n'existe absolument plus aujourd'hui.

— Mon problème est un peu différent rappela SHE Kempten, car il n'est pas de nature économique et n'est pas lié aux droits civils. Il s'agit de savoir si nous autorisons les militaires et donc les hommes à se reproduire de nouveau comme au siècle passé, sans en faire des parias.

— Nous ne pouvons pas résoudre ce problème sans le regarder dans sa globalité. L'Europe et l'Amérique latine autorisent déjà le vote des femmes primates et issues de la reproduction sexuelle, et risquent de bientôt émanciper leurs hommes. Si nous restons en complet décalage avec ces changements nous risquons la révolution.

— Nous avons imposé notre volonté au monde par le passé et pouvons le faire de nouveau, dit SHE Delaney IV.

Elle marqua une pause puis ajouta :

— Votons. Je mets trois résolutions au vote.

1. Emanciper les hommes
2. Forcer leur stérilité définitivement
3. Taire l'amélioration i.e. *business as usual*

La soudaineté du vote les surprit toutes mais ainsi était cette Présidente : impatiente et outrageusement simplificatrice.

— Résolution 1 ?

SHE Bazile et SHE Garcia levèrent la main.

— Résolution 2 ?

SHE Van Notten et SHE Harrison votèrent pour.

— Résolution 3 ?

Les six autres membres du Harem votèrent la résolution.

— Bien, dit SHE Delaney, nous en restons donc là pour l'instant. SHE Kowalski, veuillez cependant engager la discussion avec la Cour Suprême pour préparer des amendements à la constitution dans le cas où les choses tournent mal. SHE de Lorenzo, maintenez la pression sur nos 'amies' européennes pour qu'elles ne déclenchent pas l'émancipation de leurs hommes.

— J'ai également besoin qu'un nouveau type de mouchard soit mis en place revint à la charge SHE Kempten. Laisser ces désertions sans punition est extrêmement pernicieux.

— SHE McDonald ? interrogea la Présidente.

— Je ferai le point avec les scientifiques du FBI dès aujourd'hui. Nous avons des mouchards beaucoup moins accessibles et bien mieux protégés que ceux que nous plaçons aujourd'hui dans leur bouche. Nous aurons besoin d'un peu de temps pour les produire dans de telles quantités et pour les mettre en place. Et puis il ne faudra pas d'effet d'annonce ou les désertions vont s'accélérer pour éviter le nouveau système.

— La marine est la priorité. Nous pouvons tenir avec les anciens mouchards pour les autres corps d'armée et pour les civils il me semble précisa SHE Kempten.

Elle était la plus improbable des ministres des armées : boulote, toujours le sourire aux lèvres, les cheveux en bataille, elle ressemblait plus à un professeur de philo gauchiste à Berkeley qu'à un ministre des armées. Beaucoup s'y étaient trompés, mais ils ne s'étaient trompés qu'une seule fois. Elle était d'un sang-froid et d'une ténacité impressionnante qui lui avait gagné le respect de son état-major et même des hommes en service actif qui n'étaient pourtant pas, traditionnellement, des fans des SHE.

— Accélérez le mouvement conclut SHE Delaney. Prochaine réunion du Harem dans une semaine.

SHE MacDonald rejoignit Lawrence qui n'imaginait pas que son sexe venait de faire l'objet de tant d'attention.

Will you ever run for President
again?
No, no, no!

Adler Delaney Dixon, 12 octobre 2009

Chapitre 2- Adler

Bien entendu, le 8 novembre était aujourd'hui la fête nationale de la Colombie Nord-Américaine et le monde entier, ou plutôt ce qu'il en restait, savait pourquoi. Mais le 8 novembre 2016 passa presque inaperçu à l'époque.

Il faut dire que Feodor Andrioukhine menaçait d'envahir l'Ukraine en défiant ouvertement l'autorité américaine, et que la perspective d'une guerre entre superpuissances préoccupait plus le monde que l'élection, depuis longtemps annoncée, d'Adler Delaney Dixon.

Quelle injustice pourtant, car cela avait été une sacrée performance que de se faire élire, en tant que démocrate, alors que les deux mandats de Lincoln Miller n'avaient pas été des francs succès.

Le redressement de l'économie n'était pas vraiment au rendez-vous et le pays était au bord de la guerre. Les démocrates avaient perdu les deux chambres et les républicains faisaient de l'obstruction systématique. Toutes les puissances régionales testaient, dès que l'occasion se présentait, les Etats-Unis, leur pouvoir, et leur volonté de l'utiliser. La Chine et la Russie était de loin les plus menaçantes. L'endettement du pays était abyssal et, si le chômage s'était stabilisé à 6%, les inégalités entre les plus pauvres et les plus riches s'étaient accrues, ce qui ne satisfaisait ni l'électorat démocrate, ni l'électorat républicain qui n'était, il est vrai, jamais satisfait !

Huit ans auparavant, les primaires démocrates avaient vu Adler perdre face à Miller, quasiment à l'issue de la primaire du dernier état. Elle n'avait concédé que début juin, au bout d'un suspense comme les démocrates n'en avait jamais connu. Ces primaires avaient été innovantes par bien des aspects, et en particulier avaient couronné le rôle crucial des nouveaux médias.

Cette défaite face à ce jeune et talentueux sénateur de l'Illinois avait donc empêché l'élection de la première femme Présidente aux Etats-Unis en faveur de l'élection, probablement tout aussi symbolique, du premier Président africain-américain.

25

Cette défaite aurait pu surtout avoir une conséquence encore plus cruciale au vu de ce que l'histoire du vingt-et-unième siècle fut. Elle aurait pu signifier le retrait d'Adler Delaney de la vie politique.

Déesse merci, elle décida finalement de se présenter à la succession d'Miller et en 2016 les primaires ne furent, pour elle, qu'une formalité. Bill Finley le vice-Président d'Miller renonça à se présenter contre elle, distancé qu'il était dans les sondages. Un sénateur du Vermont bien trop à gauche (pardon pour le pléonasme) et un gouverneur de Californie atteint par la limite d'âge, furent ses seuls adversaires un tant soit peu crédibles.

Ce qui devait n'être qu'une promenade de santé s'avéra au final quelque peu compliqué. Car si, après la troisième journée de primaires, le gouverneur de Californie jeta l'éponge, le sénateur du Vermont s'accrocha quant à lui et joua habilement sur les faiblesses d'Adler : rattachement à l'establishment de Washington, liens avec Wall Street, absence de lien émotionnel avec la jeunesse…

Les états se répartirent presque également jusqu'à ce que le Super Tuesday lui permette de creuser l'écart et la laisse seule face à la machine républicaine. Et quelle machine !

Ladite machine lui offrit un adversaire à la présidentielle beaucoup plus coriace que prévu. C'était une espèce de Lincoln Miller républicain. Eduardo Moreno était son nom et il avait représenté un choix intelligent de la part d'un parti pourtant en général peu subtil, pour contrer Adler.

Jeune, issu des minorités, il avait un peu, paradoxalement, réussi à incarner le renouvellement dans un parti républicain d'ordinaire très statique et réactionnaire. Il avait surtout réussi à entamer sérieusement l'avance qu'Adler, perçue comme le vieil establishment démocrate, avait chez les jeunes et les latinos. Il bénéficiait, par conséquent, des mêmes atouts qui avaient fait triompher Lincoln huit ans auparavant tout en en ajoutant un, non négligeable, l'argent.

En effet, en avril 2014, dans une décision que tout vrai démocrate aurait légitimement contesté, la Cour Suprême des Etats-Unis décida, cinq contre quatre, de lever la limite des fonds qu'un particulier pouvait donner à un candidat à la présidentielle américaine, ouvrant la porte aux milliardaires du pays, et les autorisant à acheter l'élection de l'homme le plus puissant de la planète. Ce dont ils ne se privèrent pas.

Cette décision aurait dû faire basculer l'élection de novembre du côté des républicains. En dépit de la capacité bien connue du couple Dixon à lever des fonds, Adler même auréolée de l'investiture démocrate, ne réussit à sécuriser qu'un tiers du montant que les milliardaires républicains fournirent à Eduardo Moreno.

27

En résumé cette élection se résuma à une bataille caricaturale entre, d'un côté, la jeunesse, le renouvellement politique, les valeurs, les latinos, l'argent et, de l'autre, les femmes, les noirs, les côtes est et ouest et la couverture sociale.

Eduardo Moreno était en tête de tous les sondages, l ne lui restait qu'à saisir la nomination du parti Républicain.

C'est alors que les conservateurs, dans un élan que les livres d'histoire ne parviennent toujours pas à expliquer, décidèrent d'orchestrer un suicide collectif. Un suicide collectif du nom de Mickey Spade !

Alors qu'Eduardo Moreno représentait pour eux le candidat idéal, non seulement pour gagner l'élection mais aussi pour recréer des liens solides avec les sociogroupes en croissance, particulièrement les jeunes et les latinos, avec lesquels ils avaient de lourds déficits, ils tolérèrent l'émergence puis la nomination d'un triste clown qui cristallisait toutes les valeurs dont ils essayaient de se détacher. Ce super vilain qu'un comique de la Côte Ouest qualifia de "bouffon orange" se dénommait Mickey Spade.

Adler Delaney n'aurait pu demander mieux dans ces prières les plus folles ;

Mickey Spade se vantait d'être un homme d'affaires accompli ce que personne ne pouvait vérifier car sa société n'était pas cotée. Originaire de Floride, il possédait dans cet état une chaine de magasins de bricolage t quelque magazine. Très egocentrique, il avait essayé de se construire une image people. Dans les années soixante-dix, toujours repérable à son embonpoint et à ses cheveux orange (d'où son surnom) il réussissait à atteindre le milieu des magazines people en s'exposant avec quelque *pom pom girl* ou en s'étalant sur les raisons d'un de ses fréquents divorces.

D'une rare arrogance, il s'arrogeait des compétences très contestables et forçait les poses lors des prises de vue en affichant une mine renfrognée qu'il voulait faire passer pour de la détermination.

Les médias se régalaient et passaient en boucle les nombreuses sorties xénophobes (voire racistes) et incroyablement sexistes que cet individu avait affichées, sans retenu aucune, au cours des années. Dans une élection normale, il aurait été d'entrée disqualifié d'emblée.

Mais il servit à l'électorat conservateur la pire démagogie populiste à laquelle ils n'aient jamais été exposés et ...ils adorèrent ! Surtout que se profilait en face une femme de gauche abhorrée par cet électorat.

Dans un premier temps l'appareil républicain ne le prit pas très au sérieux et le positionnèrent comme un faire-valoir des aspirants au titre. Mais, primaire après primaire, Mickey Spade réussit à connecter avec un électorat populaire en soif de changement et, au prix des plus criantes contre-vérités et des promesses les plus irréalistes, il surpassa tous les autres candidats, conservateurs mais aseptisés, du parti.

Ses phrases commençaient par des poncifs tels que « tout le monde sait » et « faites-moi confiance » pour étaler ensuite les clichés racistes et sexistes les plus racoleurs.

Après deux mois de campagne, il était parvenu à insulter à peu près tous les groupes ethniques et à se mettre à dos tous les traditionnels alliés des Etats -Unis, mais il s'était attaché l'indéfectible allégeance de deux groups essentiels : les hommes blancs et les classes non éduquées.

Primaires après primaires, les autres électeurs se repartirent sur les différents candidats mais les hommes blancs et les classes sans éducation supérieure firent bloc avec Spade et vinrent voter en nombre.

A l'issue d'une défaite cuisante en Floride, Eduardo Moreno jeta l'éponge et alors que les trois quarts des états avaient voté, Mickey Spade devint officiellement le candidat républicain.

Les pontes du parti, KO debout, essayèrent de se réveiller de ce cauchemar mais firent face rapidement à l'impitoyable alternative : laisser gagner Adler Dixon ou soutenir Mickey Spade. Bien entendu, hors quelques très rares exceptions, ils se rallièrent tous à l'homme d'affaires de Floride.

Les démocrates en revanche, se pinçaient pour croire en cette fortune inespérée et retrouvèrent l'énergie des grandes campagnes. Ils se mobilisèrent pour le sénat et, avant tout, pour Adler Delaney Dixon.

Pendant l'été les seconds-couteaux prirent le relais. Les ténors démocrates répétèrent à foison que Spade représentait « un bond dans l'inconnu » et une « vitrine honteuse » pour l'Amérique. Les porte-parole conservateurs radotèrent sans nuances que Adler, c'était le statu quo, la victoire du Washington bureaucrate et un blanc-seing donné aux magouilles du couple Finley. Les indépendants quant à eux, essayaient de calculer, comme à leur habitude, l'impact que les candidats auraient sur leur déclaration d'impôts.

Au grand dam des démocrates, les arguments républicains firent mouche auprès d'un électorat américain en soif de changement. La campagne s'installa dans la fiente et les deux candidats pâtirent de fortes opinions défavorables. Le sort de l'élection restait indécis.

Début septembre, soit deux mois environ avant le vote, les sondages donnaient les deux candidats au coude à coude, mais avec Spade légèrement en tête dans les états clés de l'Ohio, de Floride et du Colorado, où se concentrait le gros de ses investissements médias.

Mickey « bouffon » Spade prit une femme WASP, gouverneur de l'Oklahoma, comme colistière pour asseoir sa crédibilité de conservateur tandis qu'Adler choisit un sénateur

31

de l'Ohio, état charnière, pour son ticket. Les conventions eurent lieu au milieu des ballons et des confettis, comme il se doit. Les deux partis étaient prêts pour le dernier assaut tandis que Andrioukhine amassait son armée aux frontières ouest de l'Ukraine. Ils s'affrontèrent pour gagner le droit de faire face au champion russe !

Le Président américain était élu par la majorité d'un collège de cinq-cent-trente-huit grands électeurs. A la mi-octobre 2016, Adler semblait pouvoir compter sur deux-cent-dix d'entre eux soit la Côte Ouest, la Côte Est et l'Illinois. Mickey Spade était, lui, sûr de cent-quatre-vingt-onze grands électeurs des états du centre et du sud. Deux-cent-quarante-sept si on ajoutait les trois *swing states* où il menait largement dans les sondages.

Dans ce scenario, il ne lui manquait que vingt-deux grands électeurs pour accéder à la présidence. A priori facile à trouver, car six des huit états qui restaient en jeu, penchaient, en général, pour le candidat le plus conservateur. L'équipe du « bouffon » désinvestit alors la Floride, dont il était originaire et qui lui semblait acquise, et acheta tous les espaces publicitaires disponibles en Iowa, Wisconsin, Nevada, Caroline du Nord et Minnesota, en délaissant le Nouveau Mexique qui n'offrait que cinq grands électeurs et la Virginie qu'il n'était pas sûr de pouvoir conquérir.

Dans les deux dernières semaines d'Octobre, le tsunami de publicité en faveur de Eduardo Moreno (et qui bien entendu dénigraient Adler Delaney Dixon sans aucune retenue) fit logiquement mouche, et les sondages commencèrent à montrer le « bouffon orange » en tête dans ces cinq états.

L'élection semblait perdue pour les démocrates et Adler. Elle décida alors de tenter le tout pour le tout et de concentrer son action sur les deux états qui lui semblait les plus accessibles : la Floride et la Virginie.

Elle concentra le gros de ses investissements médias sur ces deux états n'hésitant pas à reprendre les espaces publicitaires libérés par la campagne adverse. En Virginie, qui penchait à chaque élection un peu plus en faveur des démocrates, elle délégua deux représentants de luxe : le Président en charge, Lincoln Miller, et son vice-Président, Bill Finley. En Floride, elle fit campagne elle-même et bénéficia de l'aide d'un porte-parole extrêmement efficace et incroyablement populaire dans l'état, son mari, James Dixon.

C'est le moment que choisit Mickey Spade, par suffisance et par inexpérience, pour commettre trois bévues, qui auraient pu, peut-être, rester sans conséquences face à un adversaire moins expérimenté et moins bien entouré.

Dans un colloque au Nevada, pour flatter l'électorat hispanisant, très important dans cet état, il sous-entendit que les latinos contrairement à d'autres minorités présentes depuis plus longtemps dans le pays, s'intégraient, travaillaient et respectaient les lois. Ce 'flattage' d'égo sans subtilité, qui visait à combler son retard auprès de cet électorat, permit à Lincoln Miller et Bill Finley de dénoncer en Virginie « les candidats qui opposaient des Américains à d'autres Américains », et à creuser encore d'avantage l'avance d'Adler dans la population africaine-américaine.

Le 16 octobre 2016, lors du dernier débat présidentiel qui portait sur les questions de politique étrangère, avec lesquelles il n'était visiblement pas à l'aise, il s'empêtra sur une question de collaboration militaire avec Israël. Certes la gaffe n'était pas d'envergure car il savait parfaitement sa leçon sur le côté rédhibitoire de toute remise en cause, même vague, du soutien inconditionnel à Israël. Mais cela permit à James et Adler Dixon d'insister sur le risque pour l'amitié israélo-américaine d'élire un 'bleu' pareil alors que, eux, offraient sur ce sujet des références que l'histoire reconnaissait déjà.

Cette erreur n'eut pas de conséquence électorale directe car le gros de la population israélite de New York et de Floride penchait déjà du côté d'Adler. Mais elle permit à la candidate d'obtenir à la dernière minute une impressionnante levée de fonds de sa base New Yorkaise, et d'être compétitive dans les médias en Floride, Virginie et dans le Michigan.

Enfin lors d'une réunion électorale en Caroline du Nord, peu après, il lâcha qu'Adler Dixon avait fait preuve d'une agressivité contre nature pendant le débat pour prouver qu'elle pouvait être un aussi bon chef des armées qu'un Président « homme », mais qu'on sentait bien qu'elle ne maitrisait guère ses émotions. Puis il glissa, sans que l'on ait pu savoir si c'était par mégarde, qu'Adler ne poursuivait cette élection que pour prouver à son mari qu'elle pouvait faire aussi bien que lui, et que ce n'était pas un objectif très ambitieux.

Spade était coutumier des remarques sexistes voire avilissantes et l'électorat féminin était plutôt déjà en faveur d'Adler 55-45. Mais ces remarques n'eurent probablement pour effet que de marquer un peu plus cette avance (le chiffre final de l'élection fut –63,5%/ 36.5% en faveur de la démocrate).

Elles eurent surtout une autre conséquence qui s'avéra cruciale : Olivia Harrison, gouverneur républicain de l'état du Nouveau Mexique démissionna de son parti après que Spade avait refusé de s'excuser, et annonça qu'elle soutenait la candidature d'Adler Delaney. Bien qu'elle ait un certain nombre de désaccords avec celle-ci, elle se déclara prête à faire campagne pour elle. Elle était extrêmement populaire dans son état où elle avait succédé à un gouverneur démocrate, et chez les Latinas à travers tout le pays (elle avait adopté Harrison de son premier mari mais son nom de jeune fille était Del Rio). Sa défection bouscula le parti républicain mais le Nouveau Mexique ne contribuant que pour cinq électeurs, l'élection promettait de se jouer ailleurs.

Le week-end précédent le vote, le 5-6 novembre 2016, le suspense était à son comble même si le clan républicain affichait une grande confiance, justifiée par des sondages favorables dans presque tous les états en compétition.

Avec un taux de participation de près de 66%, le 8 novembre 2016 battit tous les records, vingtième et vingt-et-unième siècles réunis. A 20h00 *Eastern Time*, Adler paraissait évidemment être en tête puisque les premiers résultats disponibles provenaient des états de l'est du pays. A 20h30 la première grosse surprise était en sa faveur puisque la Virginie lui était accordée par la plupart des networks américains. Son premier pari semblait gagné et le duo de la maison blanche pouvait se féliciter de s'être concentré sur cet état. En revanche les résultats semblaient trop serrés en Floride pour que les télés américaines prennent le risque de prédire un vainqueur.

A 21h les réseaux américains dévoilèrent les résultats de tous les états du centre du pays. Ce fut une vague rouge impressionnante même si elle était attendue. Spade gagna tous les états y compris l'Ohio, mais à l'exception de l'Illinois de Lincoln Miller, et du Michigan qu'Adler arracha avec 51% des votes. A ce stade la Floride était toujours indécise. Si le

« bouffon » l'avait, il était Président. Sinon le suspense continuait.

A 22h une troisième vague de résultats tomba incluant les états du centre ouest, dont le Texas, tous en faveur de Mickey Spade, même le Colorado. Mais ces résultats prévisibles furent presque effacés par la courageuse prise de position de NBC qui donnait Adler gagnante en Floride à 51,2%, c'est-a-dire, sans contestation possible. Les autres réseaux, moutons de Panurge qu'ils étaient, confirmèrent l'estimation dans la foulée.

La plus grande confusion s'en suivit car le Nevada et le Nouveau Mexique étaient *'too close to call'*. A ce stade l'avance de Spade était trompeuse car on attendait encore à 23h les résultats de la Côte Ouest qui devaient être très favorables à Adler. Tous les commentateurs faisaient des calculs et élaboraient des scénarios. Les mathématiques suggéraient que Spade avait besoin de gagner Nevada + Nouveau Mexique mais que l'un des deux suffisait à Adler. A 23h, sans surprise, les télés américaines déclarèrent Adler gagnante dans les trois états de la Côte Ouest. Les résultats de l'Alaska (républicain) et d'Hawaii (démocrate) ne changeraient rien, car ils se neutralisaient. Adler Delaney avait deux-cent-soixante-huit grands électeurs, Marc Moreno deux-cent-cinquante-neuf. A

23h30 NBC de nouveau donna le Nevada à Moreno le plaçant à deux-cent-soixante-cinq grands électeurs.

Le Nouveau Mexique, seul état encore disputé décida donc de l'élection et Mickey « bouffon orange » Spade regretta amèrement sa réflexion sexiste post-débat. Adler le gagna avec 50,9% des votes et devint, à soixante-neuf ans, le quarante-cinquième Président et la première Présidente des Etats-Unis.

Son premier coup de téléphone fut pour Olivia Harrison-Del Rio.

Adler qui, on peut le reconnaitre sans risquer la contradiction, a forgé le monde dans le lequel nous vivons, un monde qui reconnait enfin, sans fausse honte, la supériorité féminine, Adler donc, a pourtant vu la première partie de sa vie très (trop) influencée par une succession d'hommes. C'était bien sûr monnaie courante à cette époque. Et puis tout s'est passé en réalité comme si cette 'confrontation' permanente aux hommes dans les soixante-dix premières années de sa vie avait été nécessaire pour solidifier un caractère implacable et des convictions révolutionnaires qui lui permirent d'assumer les épreuves de son mandat, et le rôle exceptionnel que lui accorde, légitimement, l'histoire.

Fille d'un républicain conservateur du Michigan, flanquée de deux frères, elle doit son prénom un peu singulier à un homme, l'explorateur canadien, Edmund Adler auquel, semble-t-il, ses parents vouaient une grande admiration. On se doit de reconnaitre que cela ne constitue pas, a priori, l'environnement le plus propice pour développer une forte conscience féminine.

Caractère et intelligence marquent pourtant, dès lors, son parcours. Mais toujours dans l'ombre des hommes : Seth Dillard, son pasteur, les candidats derrière lesquels elle s'engage rapidement, d'abord républicains Barry Gallagher et Nelson Peacott, puis le démocrate George Stewart, et surtout James Orlando Dixon, qu'elle épouse en 1975.

Son caractère s'exprime par exemple dans le rejet des républicains suite à la guerre du Vietnam et à l'élection de Richard Nixon, tandis que son intelligence lui permet de devenir une brillante avocate diplômée de la Harvard Law School. Mais caractère et intelligence se combinèrent également pour faire d'Adler une incroyable force derrière l'élection et le mandat du quarante-deuxième Président des Etats-Unis, James Dixon.

Un peu comme un nègre talentueux qui se rend compte que le talent en question lui permettrait parfaitement d'écrire sous son propre nom, Adler prit réellement conscience de sa capacité à mener sa propre carrière au moment de la fin controversée du mandat de son mari. Le scandale agit, semble-t-il, comme un déclic.

Cependant, contrairement à un nègre, elle disposait d'un nom mais pâtissait d'un sexe qui ne lui permettait pas alors d'accéder aux plus hautes fonctions. L'histoire lui prouva qu'elle avait raison de s'acharner puisqu'elle fut une des meilleurs sénateurs (quelle honte que ce mot n'existe pas au féminin) de l'état du Connecticut, une des meilleures secrétaires d'Etat américains et fut enfin élue Présidente des Etats-Unis en 2016, pour devenir par la suite probablement la plus grande femme (ou homme d'ailleurs) d'Etat de l'histoire.

Mais il convient de se souvenir que, au vingtième siècle, les hommes et les femmes vivaient dans une inique relation monogame qui asservissait la femme. Monogame en théorie d'ailleurs, car les hommes guidés par leur ridicules pulsions animales tendaient à tromper leur épouse après l'avoir réduite à l'état de potiche.

Même si l'histoire officielle tend à éluder la question, un peu comme l'Eglise catholique tend à privilégier le nouveau testament sur l'ancien, Adler Delaney eut à assumer nombre d'humiliations dans l'ombre de son mari, d'abord gouverneur de du Wisconsin puis Président. La première fut la quasi-obligation d'adopter le nom de son époux car la bonne société de Madison ne comprenait pas qu'elle gardât son nom de jeune fille. En vérité comme elle l'expliqua dans ses mémoires elle haïssait également Delaney et Dixon, deux noms des hommes qui l'avaient contrôlée. Elle détestait d'ailleurs cette expression sexiste « nom de jeune fille » et reconnaissait qu'elle avait perçu comme une épreuve qui lui était envoyée par Déesse le fait de devoir porter trois noms masculins : Adler Delaney Dixon

Personne ne conteste aujourd'hui, bien que cette période de l'histoire ait depuis longtemps été occultée par les évènements de 2017, qu'Adler joua un rôle clé de première conseillère pour James Dixon, avant et après son élection. Mais jusqu'à ce rôle fut entaché de moult frustrations !

Pendant douze ans elle fut la première dame du Wisconsin, ce qui, pour une avocate talentueuse diplômée de la prestigieuse Harvard Law School, ne constituait pas un pinacle. Active dans toutes les œuvres caritatives de l'état et dans l'éducation des enfants (ce qui était attendu d'elle) elle fut fort critiquée pour avoir rejoint le conseil d'administration d'un géant de la distribution américaine. Cela ne seyait pas à une femme de gouverneur qui devait sourire et ne pas faire preuve d'intelligence, ou encore pire, de personnalité.

Les railleries ne manquèrent pas non plus quand son mari, récemment élu à la Maison Blanche, la nomma parmi les conseillers chargés d'étudier la réforme des systèmes de santé du pays. Railleries doublement sexistes contre une première dame qui refusait de se contenter d'inaugurer les chrysanthèmes et contre un Président qui semblait ne pas porter la culotte chez

41

lui. La frustration accompagna ce projet qui avorta finalement en 1994.

Ceux qui doutaient que James Dixon portât la culotte se trompaient lourdement. Il la portait et savait même très bien où se trouvait sa braguette ! Ses frasques incessantes constituèrent une autre source de frustrations pour Adler, non pas tant parce qu'elle était trompée, ce qui lui importait finalement peu, mais parce qu'à chaque fois elle dut, la main sur le cœur, soutenir son mari dans le cadre d'une comédie pitoyable et humiliante.

L'affaire Michelle Gorsky fut le summum de ces humiliations, même si elle marqua également la prise de conscience d'Adler de la possibilité d'un destin autonome. Cette triste affaire figea probablement aussi le dégoût profond d'Adler pour les pulsions bestiales des hommes. Si un homme qu'elle admirait vraiment profondément tel que James pouvait se laisser guider à ce point par ses petites pulsions sexuelles, alors qu'en était-il du commun des mortels de sexe masculin ?

Si Adler fut un soutien sans faille du quarante-deuxième Président, celui-ci fut pour elle un allié indéfectible. Pour dire vrai, et même si on omet toujours aujourd'hui de le souligner pour des raisons évidentes, son ascension, au demeurant parfaitement méritée, aurait tout simplement été impossible sans lui.

Force est de reconnaitre qu'il aurait été difficile de trouver un meilleur allié. Mélange rare de charisme, d'empathie, de convictions, et de pragmatisme, James fut tout simplement et objectivement, l'un des meilleurs Présidents américains du vingtième siècle. Sous ses mandats plus de vingt millions d'emplois furent créés aux Etats-Unis, le déficit se transforma en un colossal excédent, les accords d'Oslo furent signés et l'Alena créée. L'aura du pays atteignit son point culminant dans le monde, et Dixon devint le Président américain le plus populaire à l'étranger depuis JFK.

Il ouvrit à Adler les portes du monde, lui donna l'accès direct à tous les hommes de pouvoirs, l'aida à obtenir le financement du monde des affaires, lui offrit sur un plateau le soutien du parti démocrate et lui donna un nom qui, qu'on le veuille ou non, lui servit de garantie auprès de nombreuses couches du corps électoral américain, à commencer par les noirs et les ouvriers. Il l'aida également à gommer, dans les années qui précédèrent son élection, une image de gauchiste, d'ailleurs non justifiée par ses positions, que lui collait avec délectation le parti républicain.

Mais surtout, le 8 novembre 2016, il lui fit gagner la Floride, sans laquelle la victoire au Nouveau Mexique n'aurait été qu'anecdotique.

Toutefois, si James Dixon avait rendu possible Adler 'Bonaparte', c'est un autre homme, hyper-testostéroné, Feodor

Feodorovitch Andrioukhine, qui fit naître Adler 'Napoléon'. Il le regretta amèrement.

On ne peut pas réveiller un homme qui fait semblant de dormir.

Proverbe Navajo

Chapitre 3-Monument Valley

La Nation Navajo comptait plus d'un million d'âmes, vivant sur un territoire autonome ou semi autonome de cent-cinquante-mille kilomètres carrés. Elle avait donc été multipliée par quatre en un siècle tandis que la population mondiale s'était réduite de moitié.

Au territoire défini par les Etats-Unis au vingtième siècle et qui s'étendait sur une surface de soixante-dix-mille kilomètres carrés pris sur le Utah, Le Nouveau Mexique et L'Arizona, s'étaient ajoutés en 2025, quatre-vingt-mille kilomètres carrés

45

concédés, intelligemment, par les autorités du Colorado qui, ayant vu leur population masculine décimée par la Calamité, comprirent rapidement l'opportunité de s'adjoindre l'apport d'une population amérindienne relativement épargnée.

Si cette extension permit d'accommoder facilement l'explosion démographique des navajos, elle les confina pourtant toutefois dans un territoire toujours vingt fois plus petit que la terre de leurs ancêtres, *Dinétah*.

Paradoxalement, la Calamité qui avait ébranlé le monde plus que tout cataclysme auparavant, avait plutôt représenté une aubaine pour les Navajos.

Elle avait tout d'abord fouetté une fierté nationale qui existait déjà, bien sûr, au vingtième siècle mais qui s'était érodée. Par exemple la progression de l'anglais au détriment de la langue navajo qui n'était parlée au moment de la Calamité que par 60% des navajos, commençait à constituer une menace.

Les Navajos virent dans le fait que la pandémie les épargnait la démonstration que les dieux punissaient enfin leurs bourreaux et les rétablissaient en tant que peuple élu.

En vérité, les hommes navajos avaient, semble-t-il, bénéficié de deux facteurs favorables. Leur approvisionnement, principalement d'origine locale, avait tout simplement moins subi l'effet des pesticides comme le Cal747 car il était issu d'une agriculture et d'un élevage traditionnels qui ne justifiaient, ni ne pouvaient s'offrir, l'usage de ces pesticides.

Ensuite, leur système immunitaire, qui pourtant montrait parfois plus de faiblesses que la population générale, avait dans ce cas beaucoup mieux résisté aux agressions mutagènes des pesticides et plus efficacement bloqué l'apparition des cancers.

L'autre conséquence de la Calamité avait été de transformer les Navajos d'une sorte de population paria en une population recherchée. Les hommes Navajo mariés et leur épouse se virent offrir une avalanche de bourses en tout genre, pour aller étudier dans les meilleures universités du pays, dès lors qu'ils s'engageaient à assumer des positions dans les corps d'état qui requéraient une présence masculine qualifiée et saine.

Une diaspora Navajo éduquée et compétente apparut donc pendant les vingt-cinq ans de transition avant que le relais des générations issues de la reproduction clonique ne soit en place. Dans les années 2040 cette diaspora revint en territoire Navajo avec son argent, ses idées et son instruction et contribua à l'incroyable développement de l'économie locale, largement concentrée autour des services et des technologies et principalement implantée dans les 'nouveaux' territoires du Colorado.

Cette diaspora offrit également de nouveaux leaders beaucoup plus compétents à la Nation Navajo. Ils gérèrent professionnellement, mais toujours dans le respect des traditions, le développement de la Nation et maintinrent une bonne entente avec la CNA.

Un dernier effet paradoxal de la Calamité fut que la Nation Navajo gagna en autonomie. Déjà semi-autonome, ou plutôt sous un contrôle assez lâche des Etats-Unis au début du vingt-et-unième siècle, elle gagna, après la Calamité, une liberté presque totale, exception faite bien sûr de ce qui était en conflit avec les intérêts vitaux de la Colombie Nord-Américaine.

C'est, semble-t-il, la volonté d'Adler qui rendit cette quasi-autonomie possible pour des raisons de natures très différentes.

Elle était tout d'abord plutôt respectueuse des coutumes des Navajos. Elle était, en particulier, très impressionnée par leur répartition autour de cinquante clans matrilinéaires (un système matrilinéaire est un système de filiation dans lequel chacun relève du lignage de sa mère. Cela signifie que la transmission, par héritage, de la propriété, des noms de famille et titres passait par le lignage féminin). Au pire moment où elle devait essuyer les railleries sexistes des Républicains, Adler avait souvent souligné à ses proches que le massacre des « natives Americans » avait fait régresser la condition des femmes en Amérique du Nord.

Elle croyait aussi sincèrement que les Etats-Unis avaient une dette envers cette Nation, martyrisée depuis la longue marche, et qu'une autonomie donnée à trois-cent-mille pauvres amérindiens cloîtrés sur soixante-dix-mille kilomètres carrés de désert, était un remboursement bon marché et ne présentait aucun risque pour le pays.

Certaines mauvaises langues dirent aussi qu'accorder un surcroît d'autonomie en 2026 lui permit de ne pas intégrer la Nation Navajo dans la constitution et en particulier de ne pas lui imposer la reproduction clonique. Or, sans vraiment avoir des objectifs eugénistes, Adler souhaitait que cette reproduction soit un succès incontesté pour cimenter le soutien des grandes religions qui ne l'avait acceptée que du bout des lèvres, et à la condition expresse qu'elle concrétise l'union de l'ADN d'une femme et à celle d'un homme. En revanche, Adler n'avait pas obtenu de consensus de leur part sur l'attitude à suivre quand un de ces ADN était déficient, et elle voulait limiter ces cas au minimum.

Or, un Navajo sur deux-mille-cinq-cent était atteint de déficit immunitaire sévère soit vingt-cinq fois plus que la moyenne nationale. Ce déficit parfois appelé "*bubble boy disease*" aux Etats-Unis, empêchait les personnes atteintes, pour faire simple, de réparer leur ADN en raison de l'absence d'un gène dénommé Artémis.

Concrètement, Adler ne jugea pas souhaitable que les Navajos participent à la reproduction clonique. Elle fut donc particulièrement satisfaite quand les autorités de la Nation demandèrent une dérogation pour maintenir sur le territoire la

49

reproduction sexuelle classique, arguant que la population masculine Navajo était restée, dans son immense majorité, fertile.

A partir de 2026, la Nation Navajo fonctionna, par conséquent, comme un microcosme préservé de l'ancien monde, celui d'avant la Calamité dont nous parle encore les professeurs d'histoire. Mais si on en croit les esprits chagrins, elle fonctionna surtout comme une vraie démocratie avec un Président élu, des clans représentés dans une vraie assemblée qui n'avait pas de comptes à rendre au Président de la Nation et avec enfin, un vrai pouvoir judiciaire indépendant. On ne pouvait pas en dire autant de la Colombie Nord-Américaine.

Atsa se laissait trimbaler par SHE Horse VII, sa jument de quatre ans, qui connaissait par cœur tous les recoins de Monument Valley et le guidait lui et la *asdzani* qui le suivait à dix mètres vers les « trois religieuses », une des montagnes les plus célèbres du site. Il était saisi d'un sacré coup de pompe car il avait commencé, ce matin, avec quatre Californiennes de la pire espèce qui avaient gloussé pendant deux heures au lieu de profiter du somptueux lever de soleil sur les Buttes de la Valley. Visiblement elles étaient plus fascinées par la présence d'un guide homme en possession de tous ses moyens, que par la vallée navajo dont la beauté était pourtant à couper le souffle. Comment ne pouvaient-elles pas être saisies par la splendeur du site alors que lui, qui connaissait pourtant la moindre poussière dans les environs, ne s'en lassait jamais.

La petite qui était sur SHE Horse VI, en revanche, avait l'air intimidée et sincèrement impressionnée par la majesté du site. Elle avait réservé la veille un tour privé 'coucher de soleil' et était arrivée en Speedo un peu avant l'heure du départ, au *visitor center*.

Elle portait des lentilles de soleil qui empêchaient de déceler la vraie couleur de ses yeux. Elle gardait ses cheveux blonds très longs un peu comme une femme navajo (pour la longueur bien sûr, pas pour la couleur), ce qui était peu fréquent pour une Américaine. Beaucoup de ces SHE de la Côte Est et du centre du pays étaient absolument débandantes à force de refuser leur féminité pensait Atsa mais celle-ci, une peu comme une fleur têtue qui décidait de pousser dans la fissure d'une dalle de béton, avait un charme qu'il aurait eu du mal à définir, mais qui l'intriguait. Peut-être cela provenait-il du fait que son espèce d'uniforme de SHE ne réussissait pas complètement à cacher des formes plutôt attirantes, peut-être cela venait-il tout simplement d'une attitude aimable, curieuse et exempte de l'arrogance qui caractérisait les SHE.

Elle avait réservé, fait encore plus rare en donnant un prénom, Christelle, plutôt que la formulation légale, SHE machin numéro qu'Atsa abhorrait. Atsa n'avait jamais entendu

51

ce prénom. Elle n'avait pas fait de réflexion non plus en découvrant le nom des juments ni en bien ni en mal, ce qui était le signe d'un sens diplomatique ou, on pouvait rêver, d'un sens de l'humour !

Atsa avait néanmoins, comme à son habitude, déclenché la caméra numérique placée dans la boucle de son ceinturon. Il ne voulait pas qu'une de ces folles dévergondées aille déclarer qu'elle s'était fait violer. Même si cela aurait été de l'autorité de la justice navajo qui savait à quoi s'en tenir sur les Américaines qui visitaient la Nation, cela aurait été une tâche sur sa réputation qui n'avait vraiment pas besoin de ça.

Ces petites connes venaient de toute la fédération pour se faire sauter. La plupart avaient déjà eu des relations sexuelles avec des Américains avant de venir dans la Nation. C'était un secret de polichinelle que dans la haute, surtout sur la Côte Ouest, les SHE louaient des hommes et organisaient des parties privées. Mais elles n'avaient en général jamais eu de relations sexuelles avec un homme capable de procréer. Elles venaient donc ici, souvent suite à un pari, pour essayer de jouer à ce qu'elles appelaient la « roulette navajo ». Si elles tombaient enceintes, elles perdaient tous leurs droits de citoyenne, dont le droit de vote, la capacité à postuler aux postes de fonctionnaire et l'accès à la reproduction clonique.

Atsa les méprisait mais il ne pouvait pas cracher dans la soupe. Il en avait profité dans le passé, parfois agréablement. Il s'était même fait payer à certaines occasions alors qu'il avait du mal à régler l'université. Il en avait honte aujourd'hui et n'avait pas cédé à la tentation depuis plus de deux ans.

La petite Christelle n'avait pas l'air de ce type et puis surtout elle voyageait seule, ce qui était rare chez les SHE. Mais Atsa se méfiait et vérifia pour la troisième fois que sa caméra numérique, qui enregistrait tout, fonctionnait.

— Pardon Monsieur, pourquoi y a-t-il des *hogans* dans la vallée ?

— Mon nom est Atsa. Ce sont des familles qui habitent dans le parc, dit-il sans se retourner.

— Mais c'est un lieu touristique !

— Non mademoiselle (il ne savait pas vraiment comment prononcer son nom qui avait l'air français), dit-il cette fois-là en se retournant, Monument Valley est un lieu sacré et une merveille naturelle, mais c'est avant tout un territoire de vie pour les Navajos. Le tourisme n'est qu'une conséquence de la beauté du site, pas une fin en soi.

Elle rougit confuse de sa gaffe.

— Je suis désolée, je ne voulais pas vous offenser.

— Vous ne l'avez pas fait lâcha-t-il en lui tournant le dos de nouveau. Votre réflexion traduit une façon de voir américaine. C'est normal.

Ce qui n'était pas normal, c'est qu'elle se soit rendu compte qu'elle avait gaffé et surtout qu'elle l'ait regretté. La plupart des SHE qui venaient était des connasses égoïstes et imbues d'elle-même qui exportaient en pays navajo leur mépris des hommes.

> — Ces familles habitent ici depuis plusieurs siècles. Il ne viendrait à l'idée de personne de leur demander de bouger reprit-il en lui montrant une 'ferme' installée près de Totem Pole.

Christelle ne répondit pas. Elle avait peur de gaffer de nouveau et était aussi fascinée par cette culture différente que par la beauté irréelle des buttes dans le soleil déclinant. Elle regarda le dos musclé de son guide. Il avait l'air blasé et pas particulièrement amateur des valeurs américaines. Il manquait, bien sûr, de sophistication mais certainement pas de classe. Un ensemble, somme toute, assez déconcertant.

Ses cheveux noirs presqu'aussi longs que ceux de Christelle descendaient sur de larges épaules et cachaient le haut de la chemise de « cow-boy » à carreaux qui semblait faire partie de l'uniforme des locaux. Il était notablement plus grand cependant que la plupart des autres guides.

Mais c'est surtout son visage qui fascinait Christelle et ceci bien qu'elle n'ait pu l'apercevoir que de manière fugace puisqu'il lui tournait le dos et ne faisait guère d'efforts pour se retourner. Ce visage assez jeune bien que brûlé par le soleil, respirait la sérénité et témoignait d'une distance et d'une expérience étonnantes pour un homme de cet âge. Ce visage était surtout illuminé par deux yeux noirs d'une profondeur insondable, qui donnaient le vertige à l'Américaine et l'intimidaient au plus haut point. Déconcertant pour un malheureux guide navajo au milieu du désert !

Ils firent une pose pour admirer le coucher de soleil dans les *Mitten Buttes*. Elle avait rarement été seule avec un homme qui, de surcroît, venait de lui prendre le bras, sans demander l'autorisation, pour l'aider à descendre de cheval. L'effet fut de provoquer une confusion immédiate bien qu'éphémère dans l'esprit de l'Américaine

C'était décidément la journée des premières. Première en pays navajo, première balade à cheval, première à regarder un coucher de soleil avec un homme à ses côtés. Et quel coucher de soleil ! Son guide sortit une cigarette en lui demandant :

— Cela vous gêne ?

— Je n'en sais rien répondit-elle subjuguée, je n'ai encore jamais vu quelqu'un fumer...Non, non s'empressa-t-elle d'ajouter devant son air embarrassé, cela ne me gêne aucunement.

Il alluma et fuma sa cigarette sans dire un mot jusqu'à ce que le soleil disparaisse derrière la butte est.

— Allons-y, dit Atsa, il va faire nuit rapidement maintenant.

55

Il l'aida à remonter à cheval, n'hésitant pas à lui mettre la main sous les fesses pour l'aider à passer la jambe droite au-dessus de la selle. Christelle espéra que sa rougeur ne pouvait pas se noter dans l'obscurité. Elle ne se souvenait pas d'avoir jamais été touchée par un homme exception faite du chauffeur qui l'amenait à l'école et qui lui donnait d'affectueuses tapes, et ce n'était vraiment pas le même genre de contacts !

Et si son Climan™ californien simulait ces contacts masculins, ils n'avaient rien de comparables avec la réalité, quelques agréables qu'ils fussent.

Vingt minutes plus tard ils étaient de retour au Visitor Center. Atsa donna les rênes des juments à un adolescent qui les mena vers l'enclos où elles passaient la nuit. Christelle avait payé en liquide, en bon vieux billets verts à l'effigie de SHE Delaney. C'était plutôt rare car la plupart des gens payait à la rétine. Christelle un peu inconfortable, ne savait pas comment se séparer de son guide qui la détaillait des pieds à la tête, sans aucune retenue. C'était embarrassant.

— Je vous remercie vraiment Atsa, c'était merveilleux de beauté. Je vous envie de vivre dans un cadre pareil.

— Je suis heureux que cela vous ait plu. Je ne vis malheureusement pas ici, je ne suis guide que pendant mon temps libre, en général le samedi.

— Ah, dit-elle se disant que décidemment elle ne comprenait rien aux Navajos. Je m'excuse je ne connais pas les coutumes, dit-elle en lui tendant 30% de pourboire.

— C'est beaucoup trop lui, dit-il. En général les gens donnent 15% à 20%.

— Non, j'y tiens, C'était vraiment bouleversant et cela vaut beaucoup plus pour moi.

— Merci, dit-il en hochant la tête et en se disant que celle-là était peut-être un peu moins conne que les autres. Et bon retour conclut-il en se dirigeant vers le parking.

Atsa devait rejoindre Farmington le soir même. Il lui restait deux mois pour finir sa thèse de PhD à NNU (*Navajo Nation University*). L'université avait été établie sur le terrain de l'ancienne Navajo Preparatory School pour finir par couvrir la quasi-totalité de l'ancienne ville de Farmington, dont la population non universitaire avait petit à petit émigré vers l'est. Elle accueillait aujourd'hui quarante-mille étudiants chaque année, et se classait dans les vingt premières universités de Colombie Nord-Américaine, dans toutes les disciplines.

Il jeta son sac dans le pick-up Silverado de 2035 qu'il entretenait amoureusement et se mit au volant. Il était peu fréquent de rencontrer des voitures sur ces routes mal entretenues alors que les Speedos offraient un confort incomparable. Mais abandonner sa Silverado n'était tout simplement pas une option, se dit-il, comme à chaque fois qu'il

57

s'installait dans le siège conducteur, rongé par les années et recouvert de poussière rouge.

Alors qu'il s'apprêtait à démarrer, un bruit sur la vitre le fit sursauter. C'était Christelle. Finalement, elle était peut-être comme les autres se dit-il, la surprise passée. Il baissa néanmoins sa vitre.

— Je suis confuse, dit-elle en regardant déconcertée le véhicule d'Atsa, mais je n'arrive pas à faire démarrer mon Speedo. Vous y connaissez quelque chose ?

Atsa la suivit pour découvrir un Speedo de location flambant neuf. Ils étaient d'ordinaire fort fiables. Il ne réussit pas à démarrer ni à mettre les phares. Il déclencha l'ordinateur de bord qui afficha une myriade de signes jaunes avec un point d'exclamation. La batterie était totalement morte ! C'était un problème sérieux car sur les Speedos les batteries ne servaient pas seulement à démarrer mais également à mouvoir le véhicule. C'était aussi un problème insoluble à 20h00 sur le parking poussiéreux et désert de Monument Valley.

— C'est irréparable, dit Atsa en pensant qu'il avait peut-être accusé à tort cette petite Américaine. Vous devriez essayer de rester à *The View*, l'hôtel au-dessus du *Visitor center* et vous faire dépanner demain.

— Oh quelle barbe. D'accord je vous remercie, je vais aller voir. Puis-je vous demander d'attendre deux minutes pour que je vérifie qu'ils ont des chambres ?

— Bien sûr, dit-il en esquissant un sourire.

Elle se dirigea vers l'escalier, ce type avait un sourire qui vous faisait perdre vos moyens Hésitante, elle rebroussa chemin.

— Est-ce que je peux aussi vous demander où vous allez ?

Atsa hésita à son tour et la dévisagea. Ça sentait le plan pourri à plein nez. Mais cette petite 'squaw' l'intriguait et lui plaisait plutôt (squaw n'était pas un mot navajo mais les navajos l'utilisaient beaucoup pour se moquer des Américaines). Pour autant, ça sentait vraiment le plan pourri. Le coup de la panne, c'était vieux comme le monde ! Il répondit lentement :

— Je vais à Farmington.

— Pourriez-vous me déposer à un hôtel là-bas demanda-t-elle en rougissant, ce qui lui allait plutôt bien. J'appellerai la société de location pour qu'elle vienne récupérer le Speedo demain ?

Il la dévisagea de nouveau, cette fois, sans sourire, la mémoire de sa caméra numérique était pleine et il ne pouvait pas l'effacer devant elle.

— Bien sûr, avec plaisir finit-il par dire en souriant et en se dirigeant vers le coffre de la Speedo qui était devant comme sur les Coccinelles d'antan. Elle ouvrit le coffre et il prit les deux gros sacs boudins qui s'y trouvaient.

59

Christelle prit son sac à main. Elle ne savait pas comment elle avait pu oser et ne comprenait pas pourquoi elle était excitée à ce point de passer les trois heures qui venaient dans un véhicule antédiluvien avec un homme puant, fumeur de surcroît, qui faisait le guide dans un parc national et lui avait mis, techniquement, la main au cul. Mais elle était très excitée et avait vu, elle ne savait où, au fond de son regard ténébreux, quelque chose qui l'excitait encore plus.

Il jeta sans ménagement les deux sacs boudins dans la benne arrière du pick-up et lui ouvrit la porte passager sans qu'elle comprenne vraiment pourquoi. Elle avait déjà vu des voitures et savait ouvrir leur porte. Elle s'engagea néanmoins et s'assis sur un siège inconfortable nappé de poussière rouge. Ces voitures, contrairement au Speedos, n'avaient pas d'aspirateur automatique ni de purificateur d'air. Déesse merci, elles avaient un air conditionné même s'il était rudimentaire. Christelle allait l'apprécier après avoir transpiré toute la journée et en attendant une bonne douche, à Farmington.

— Je vous prie de m'excuser mais l'air conditionné est en panne et je n'ai pas pris le temps de le réparer. Il faut dire que je roule toujours les fenêtres ouvertes ajouta-t-il.

Ce type n'était pas d'un autre siècle pensa Chrystelle, il était d'un autre millénaire. Tant pis pour l'air conditionné. De toute façon les fenêtres ouvertes n'étaient pas une mauvaise chose.

Elle n'avait jamais réellement dû supporter l'odeur d'un homme dans une telle promiscuité, et celui-ci était un modèle odorant. En outre elle sentait toujours l'odeur âcre de la cigarette qu'il avait fumée. Elle le regarda dans le rétroviseur pendant qu'il ficelait une espèce de bâche autour des deux sacs boudins, apparemment dans un effort aussi dérisoire que généreux pour les protéger de la poussière.

Il pouvait avoir une trentaine d'années car il ne trichait probablement pas avec des rajeunissements génétiques. Il semblait encore plus grand maintenant qu'il n'était plus à cheval, probablement aux environs d'un mètre quatre-vingt-cinq. Pour le reste il ressemblait bien à l'image qu'elle avait d'un navajo. Athlétique, les cheveux longs très noirs qu'elle avait pu contempler pendant toute la ballade, la peau mate tannée par le soleil et ce regard ténébreux et... très hermétique. Ses sourires étaient aussi magiques qu'ils étaient rares pensa-t-elle.

Son habillement allait, de fait, très bien avec sa voiture et son année de production : jeans, bottes en cuir, chemise à carreaux sur un tee-shirt blanc. Rien ne fascinait vraiment Christelle dans le détail mais l'ensemble lui plaisait pas mal, il fallait l'admettre.

Atsa prit le volant et démarra la voiture. C'était extrêmement bruyant pensa-t-elle, surtout la fenêtre ouverte.

61

Elle n'était jamais montée dans une voiture et ne le regrettait pas vraiment car c'était incroyablement inconfortable ! Le pick-up était en effet balancé d'un côté à l'autre par les creux du chemin. Les routes navajos étaient peu entretenues car les Speedos, qui restaient à un mètre environ au-dessus du sol, avaient rendu cela superflu.

— Combien de temps allons-nous mettre pour rejoindre Farmington ?

— Deux heures et demie environ répondit Atsa. Il ajouta, lisant ses pensées. Cela prend une heure en Speedo.

Elle rougit et changea de sujet.

— Fumer est autorisé en pays Navajo ?

— Bien sûr. Tout ce qui ne nuit pas à la liberté du voisin est autorisé ici.

Même la consommation d'alcool était redevenue légale quinze ans auparavant. Elle avait été interdite pendant plus dans siècle par les autorités navajos, pour endiguer les ravages qu'elle causait dans la population. Mais avec la croissance économique, la consommation abusive d'alcool devint moins essentielle à une population qui n'avait plus besoin d'oublier son sort. L'assemblée de la Nation avait donc voté une loi autorisant la consommation privée d'alcool.

— Vous fumez beaucoup ?

La route jusqu'à Farmington allait vraiment être longue se dit Atsa qui était habitué à voyager seul. Cette petite

Américaine curieuse était bavarde comme une pie et n'allait pas le lâcher de tout le trajet. Pourtant il la trouvait attachante, bien qu'un peu ridicule avec ses questions naïves et son accoutrement de SHE qui ne mettait pas, après réflexion, assez en valeur ses jolies formes.

— Non, très rarement. Mais je ne résiste pas à en griller une quand je regarde un coucher de soleil sur les Buttes.

— Je comprends ça, dit-elle sincère, c'est vraiment de toute beauté.

Chrystelle avait passé toute son enfance en milieu urbain et n'imaginait pas la richesse des beautés naturelles nord-américaines. Après cinq minutes de pause qui donnèrent à Atsa un espoir, d'autant plus cruel qu'il fut déçu, elle reprit :

— Que faites-vous dans la vie si guide n'est qu'une activité passagère ?

— J'étudie la biologie et la génétique lâcha-t-il.

— Oh ! fit-elle surprise. A NNU ? Finalement il semblait que ce rustaud n'en était pas un.

— Oui répondit-il laconique. Vous, que faites-vous dans la vie ?

— J'ai un MBA, dit-elle se rendant compte immédiatement de ce que cette réponse pouvait avoir d'arrogant et de déplacée. Mais je ne travaille pas encore ajouta-elle pour enfin répondre à la question.

63

— Vous l'avez obtenu où ? demanda-t-il pas du tout perturbé.

— A HBS, dit-elle confuse.

— Harvard Business School, on fait difficilement mieux en business, dit-il platement.

— Celui de NNU est très réputé également tenta-t-elle pour se rattraper.

— C'est vrai, il a fortement progressé admit-il, mais surtout, il est ouvert aux hommes, même non navajo.

L'accès à toutes les universités de l'*Ivy League* et aux grandes universités californiennes avaient été fermé aux hommes par SHE Harrison en 2025. Ils pouvaient néanmoins postuler au deuxième rideau d'universités et même bénéficier de bourses si leurs bulletins scolaires étaient excellents.

— C'est parce que l'université est en territoire Navajo demanda-t-elle ?

— Techniquement Farmington n'est pas en territoire Navajo, mais dans votre Nouveau Mexique. Toutefois, il est vrai que le campus est régi par les lois de la Nation.

— Oh fit-elle ! Elle n'avait pas pensé à ça.

— Il y a un problème ? demanda Atsa. Décidemment cette histoire sentait de plus en plus le plan pourri.

— Rien de grave, dit-elle.

— Dites-moi.

Elle hésita mais il attendait et n'avait pas posé une question mais plus exigé une réponse d'un ton autoritaire inhabituel chez les hommes.

— Je préférerais que ma mère ne sache pas où je suis. Rien de grave, elle est juste un peu envahissante. Je suis majeure et je fais ce que je veux. Je suis partie pour respirer et ne souhaite pas encore que ça s'arrête.

— Où est le problème ?

— Elle a accès au fichier de police et saura donc où je suis.

Tous les hôtels sur le territoire de la CNA devaient pratiquer une reconnaissance rétinienne qui allait nourrir les fichiers de la police, avant d'accueillir un hôte. Atsa réfléchit un instant. C'était un problème facile à résoudre mais cela en valait-il le coup ?

Il ouvrit son vide poche en tapant dessus et en sortit un Google Glass 25. Chrystelle resta bouche bée car elle en était, elle, encore à la version 23.

— Nascha lâcha-t-il.

Suivit une conversation courte en langue navajo puis Atsa rangea le Google Glass dans le vide poche en l'ouvrant de la même manière.

— Vous dormez ce soir et pour la durée que vous souhaitez sur le campus de NNU. Vous partagez la chambre d'une amie de mon clan, Nascha.

65

Christelle n'en revint pas de l'efficacité et de l'autorité d'Atsa. Elle l'avait pris, à tort, pour un gentil looser nostalgique et semblait devoir remettre en cause ses préjugés stupides.

— Je vous suis très reconnaissante, dit-elle en baissant la tête. Je m'en irai rapidement et ne dérangerai pas.

— Vous ne dérangez pas, dit-il sèchement en espérant mettre, enfin, un terme à cette conversation.

Christelle se plongea dans des pensées un peu sombres. Elle devait être un peu dérangée. Alors que ses copines de promotion s'étaient toutes casées dans des entreprises prestigieuses, elle traversait le pays pour cacher son mal-être et n'envoyait à sa mère que des messages vocaux de temps en temps, sans images.

Pour clôturer le tout elle était dans une voiture vielle de cinquante ans avec un primate pas si sauvage que ça, en territoire navajo, et s'apprêtait à passer la nuit avec une squaw !

— J'apprécie vraiment ce que vous faites pour moi. J'ai été un peu prise de court par la panne de Speedo. D'ordinaire je repère à l'avance les hôtels qui sont souples sur le contrôle rétinien.

Alors qu'il restait impassible elle reprit préoccupée.

— Nascha est votre petite amie ? Est-ce que je vous ai envahi ?

Il la regarda résigné. Il n'arriverait pas à la faire taire. Visiblement calme et peut-être un peu amusé, il répondit :

— Je vous ai dit qu'elle faisait partie de mon clan. Sortir avec quelqu'un de son clan est le tabou absolu chez les Navajos. Nascha est simplement une amie d'enfance qui ne peut rien me refuser et vice-versa !

Christelle sourit soulagée. Pourquoi était-elle soulagée, elle ne le savait pas elle-même. Elle était aussi un peu envieuse car elle n'avait, elle, aucun ami d'enfance. Ses contacts avec les hommes avaient été, avant sa majorité, presqu'inexistants.

— Où se trouve votre clan ?

Atsa se demanda comment on s'y prenait pour faire taire une pipelette de ce calibre. D'un autre côté, c'était bon signe. Celles qui venaient seulement pour se faire baiser n'étaient, en général, guère curieuses du monde Navajo.

— Près de Chinle répondit-il, dans ce que vous appelez l'Arizona.

67

Il est préférable de ne pas débattre avec les femmes (5 juin 2014, en parlant d'Adler Dixon).

Feodor Andrioukhine

Chapitre 4-Crimée

Un peu comme la position des planètes qui, une fois chaque million d'années, rend possible une éclipse improbable, le monde offrait début 2017 une étonnante situation qui voulait que de nombreuses femmes fussent en position de pouvoir.

Gertrud Khün réélue pour la quatrième fois, régnait sur l'Allemagne qui dictait sa loi aux dirigeants, masculins mais insipides, du reste de l'Europe. Michelle Beauchamp était la patronne Ô combien respectée du FMI. Aux Etats-Unis, bien sûr, Adler venait d'être élue et la première Présidente de la *Federal Reserve*, Hilda Jackson avait été nommée par Miller quatre ans auparavant. Le Président de la Cour Suprême était une Présidente et Janet Rinaldi régnait sur la chambre des représentants.

Dans le reste du monde le Brésil était géré par Dona Belem et l'Inde venait d'élire Soma Gandhi comme premier ministre. Enfin on pressentait que le poste de secrétaire des nations unis allait revenir à une colombienne.

Les seuls résistants d'importance à ce raz-de-marée féminin semblaient être les chinois, guidés par Chao Huang, et les russes menés par Feodor Andrioukhine.

Le 21 mars 2014, ce dernier signa en grandes pompes devant le parlement russe applaudissant debout, l'annexion de la Crimée. Cela fit atteindre à sa cote de popularité un niveau si ridiculement haut dans son pays, que les dirigeants occidentaux en pâlirent d'envie. L'histoire ne dit malheureusement pas si la France envisagea d'envahir l'Andorre, l'Allemagne le Lichtenstein et l'Italie San Marin, mais Andrioukhine assit sans conteste à cette occasion son emprise sur la Russie.

Cette annexion replongea soudainement le monde deux siècles en arrière à l'époque où n'importe quel petit chefaillon pouvait envahir son voisin, au mépris de toutes les lois internationales, et déclencher une nouvelle guerre européenne.

L'annexion de la Crimée qui, au-delà du juste courroux qu'elle provoqua chez les politiciens occidentaux, qui n'avaient, pour nombre d'entre eux, aucune idée où se trouvait la Crimée, ne constitua pas vraiment un évènement géopolitique, ni économique, majeur en 2014. Mais paradoxalement cette annexion déclencha une tectonique des plaques que rien ne put arrêter comme une espèce d'effroyable et inexorable nécessité.

La plus importante de ces conséquences, fut d'amorcer la « chronique d'une révolution annoncée ». En effet, elle donna, au final, à Adler, la terriblement coûteuse opportunité de définir le monde dans lequel nous vivons aujourd'hui.

Mais sur le moment elle marqua avec éclat l'arrogante sortie de la Russie et de ses dirigeants belliqueux du concert des nations. Ce « *coming-out* » *en peu particulier* qui ne surprit en réalité personne, fut paradoxalement d'autant plus spectaculaire qu'il était désespéré. Désespéré car un peu comme un vieux beau qui essaie ostensiblement de montrer à tout le monde la jeune pétasse qu'il a au bras, la démonstration de force de Andrioukhine était plutôt une auto-rassurance : personne ne questionnait la capacité militaire de la Russie d'annexer la Crimée mais personne ne croyait en sa capacité à la soutenir économiquement et à se couper des capitaux occidentaux. Pour autant un géant militaire complexé d'être un nain économiquement représentait un énorme danger.

Les Russes ne faisaient donc pas parti des gentils et on ne pouvait pas compter sur eux pour stabiliser quoique ce soit dans les équilibres mondiaux. « En voilà une surprise ! » pensèrent, à l'époque, les dirigeants du monde occidental pour qui l'état autoritaire constituait un casse-tête depuis toujours !

Cette annexion eut également pour effet de recentrer l'attention des Américains sur l'Europe, région qu'ils avaient eu tendance à délaisser. Il était de bon ton alors de railler la communauté européenne, technocrate, engluée dans des structures ubuesques, et piégée par une économie en stagnation.

Pourtant, l'une des vertus les plus sous estimées de la création de la CEE avait été la stabilité dans la région et l'absence de guerre majeure pendant soixante-dix ans. Or ces guerres incessantes et destructrices avaient marqué l'histoire du continent depuis…toujours. Ukraine et Turquie semblaient aujourd'hui marquer les limites démocratiques de l'ensemble européen. Et leurs voisins se faisaient un devoir de leur rappeler, sans cesse, que les équilibres étaient précaires.

Cette annexion montra également, ou plutôt cristallisa, la double incapacité des Etats- Unis de l'époque à être le gendarme du monde.

Incapacité économique d'abord car le coût d'une omniprésence américaine était bien au-dessus des moyens d'un Lincoln Miller qui ne réussissait même pas à faire voter ses budgets sans pantalonnade au congrès.

Incapacité militaire ensuite car, s'il était facile pour les USA de chasser un petit dictateur d'Irak, les choses devenaient plus complexes lorsqu'il s'agissait de contrer les visées expansionnistes de la Chine ou, dans ce cas, de la Russie. En effet, il ne suffisait pas d'avoir une puissance de feu inégalée. Il fallait savoir comment l'utiliser sans escalade, dans un cas pareil, qui s'apparentait en tout à une nouvelle guerre froide.

Cette annexion donna enfin, un gain de confiance considérable à la Chine qui n'en demandait pas tant ! Confiance sur une sorte de blanc-seing de la communauté internationale qui l'autorisait également à réaliser, enfin, ses visées expansionnistes, et confiance dans l'affaiblissement pitoyable de son grand rival américain.

Encouragé par l'absence de réaction ferme, Andrioukhine enchaina deux autres annexions qui, elles, achevèrent d'illustrer tragiquement la nature inéluctable de certains engrenages de l'histoire.

En septembre 2014 la Russie envahit, puis annexa, la Transnistrie. Les réactions courroucées furent légions mais ne gagnèrent pas l'homme de la rue occidental qui ignorait même que ce territoire autonome auto-déclaré existât. Mais en avril 2015, Andrioukhine envahit militairement la Moldavie, ce qui passa beaucoup moins inaperçu, et déclara l'annexion de ce pays, membre de l'ONU et à majorité non russophone.

Le conseil de sécurité de l'ONU se réunit à la demande des Etats-Unis, et fut le théâtre de joutes verbales musclées. En revanche la résolution de condamnation proposée par Lincoln

Miller se heurta sans surprise au veto de la Russie, et à l'abstention de la Chine.

En octobre 2015, l'administration Miller, qui ne croyait pas à une solution politique, proposa donc au congrès américain un texte interdisant à toute entreprise américaine de déclencher de nouveaux investissements en Russie. La bourse de Moscou chuta de 42% avant même que le texte ne soit voté alors que Wall Street et les principales bourses européennes gagnaient quelques points grâce, probablement, à l'afflux des capitaux qui quittèrent la Russie.

Cette baisse fut d'autant plus spectaculaire que beaucoup d'entreprises avaient déjà réduit significativement la voilure en Russie depuis les événements de Crimée. La rumeur voulait que les capitaux chinois fussent sortis de Russie ce jour-là car, même si les politiques chinois n'étaient pas en première ligne pour critiquer leur voisin russe, les patrons chinois étaient eux réalistes sur les conséquences économiques de la politique de Andrioukhine.

 Le texte fut voté dans la semaine au Congrès et bénéficia d'un consensus peu commun. Quiconque doute de l'unité des Américains en temps de crise, fait une grave erreur !

Cependant, même l'annexion de la Moldavie, limitrophe de la Roumanie membre de l'OTAN, si elle soucia bien sûr les élites américaines, ne préoccupa pas l'Américain moyen, qui n'aurait pas pu placer un pays d'Europe sur une carte.

En revanche la dialectique ouvertement anti-américaine de Andrioukhine depuis l'invasion de la Crimée, qui cherchait presque à provoquer la virilité du pays, et que les médias US relayaient avec le plaisir malsain dont ils sont coutumiers, avait réussi à retourner l'opinion américaine et à créer un climat farouchement antirusse.

Les parlements français, britanniques, allemands, turcs et israéliens adoptèrent en novembre des textes de même nature avec une unité qui n'avait guère été vue depuis la première guerre en Irak.

Les prix du pétrole et du gaz partirent à la hausse mais une hausse modérée. L'Algérie augmenta sa production et son exportation de gaz, et les pays de l'OPEP augmentèrent leurs exportations de pétrole, sous la pression ferme et solidaire des occidentaux. En outre, Andrioukhine, qui n'était pas suicidaire et avait besoin de capitaux, ne coupa pas les exportations d'énergie vers l'Europe, se contentant d'augmenter les prix. La Chine poussa ses importations d'énergie originaires de Russie libérant des capacités des autres exportateurs qui s'orientèrent vers l'Europe. La relative résistance des bourses occidentales traduisit d'ailleurs cette confiance généralisée que personne n'avait vraiment intérêt à déclencher la guerre de l'énergie.

En avril 2016 le parlement biélorusse sous la « fraternelle » pression de son puissant voisin de l'est, demanda son rattachement à la Russie alors que les troupes de Andrioukhine s'étaient amassées aux frontières du pays.

C'est dans ce contexte chargé que se déroulèrent les primaires aux Etats-Unis. Les tensions internationales occupèrent une part importante des débats. Tous les candidats républicains se retrouvèrent pour critiquer la faiblesse de Lincoln Miller et des démocrates. Les *think tanks* commencèrent à investir lourdement dans des spots illustrant les hésitations du Président en fonction.

A partir de juin 2016 Andrioukhine amassa des troupes aux frontières de l'Ukraine. Tout comme les Etats- Unis, la Russie s'était engagée à garantir lesdites frontières pour persuader l'Ukraine, dans les années quatre-vingt-dix, d'abandonner son arsenal nucléaire. Mais comme disent les Français « les promesses n'engagent que ceux qui les tiennent » et le 'mémorandum de Budapest' ne rassura pas particulièrement le monde occidental, sur les intentions de Feodor Andrioukhine.

D'autant que les trois années précédentes avaient vu la Russie essayer de saper l'autorité de Kiev en agitant, par tous les moyens possibles, les populations russophones de l'ouest du pays. Adler Dixon avait d'ailleurs, dès juin 2014, comparé l'action de Feodor Andrioukhine en Ukraine à celle d'Adolf Hitler dans les années 1930.

A Washington, Lincoln Miller, dans un discours court qui traduisait visiblement une résolution froide et plutôt effrayante, engagea les ressortissants des pays membres de l'OTAN ou alliés des Etats-Unis à quitter au plus vite le territoire russe. Cette fois-là toutes les bourses chutèrent immédiatement donnant crédit à l'hypothèse d'un conflit armé engageant les Etats-Unis.

Crâneur et euphorique suite à quatre annexions, au final, incontestées, Feodor Andrioukhine dit dans une allocution à la presse à Saint-Pétersbourg que « les coqs rentraient au poulailler ». De fait, à quelques tracasseries administratives près, les rares occidentaux qui restaient en Russie purent rentrer sans problème chez eux.

Pour autant, cette détermination nouvelle de Lincoln Miller, qui fut confirmée au leader russe par toutes les sources fiables qui lui servaient d'informateurs, et qui s'accompagna de l'interruption totale de toute initiative diplomatique, le fit battre en retraite dans un premier temps. Déclarations provocantes mises à part, les démonstrations de force russes s'arrêtèrent pour quelques mois.

Ces tensions en Europe ne servirent en réalité aucun des candidats à la présidentielle. Certes les républicains avaient un petit avantage en termes de défense, mais Spade était un bleu grande gueule, sans aucune crédibilité en la matière. Certes les démocrates étaient un peu moins faucons mais Adler Dixon était extrêmement expérimentée et ne pouvait pas vraiment être taxée de faiblesse, sans provoquer des accusations de sexisme.

De fait, les guerres avaient été des tournants qui avaient marqué son parcours politique. La guerre du Vietnam, à laquelle elle s'était opposée, et qui l'avait orientée vers les démocrates. La guerre en Irak qu'elle avait votée et qui lui avait coûté les primaires, en 2008, face à Lincoln Miller. Et enfin la guerre dite d'Ukraine ou troisième guerre mondiale qui l'installa, pour toujours, dans l'histoire.

Son élection, le 8 novembre 2016, fut accueillie par Feodor Andrioukhine en ces termes flatteurs : « les résultats de l'élection américaine concrétisent l'émasculation définitive du monde occidentale ». Il ne croyait pas si bien dire !

Il n'était guère possible d'imaginer personnages plus opposés que la Présidente Dixon (puisqu'elle fut élue sous ce nom-là) et le Président Andrioukhine.

Feodor Feodorovitch Andrioukhine était d'origine modeste. Né dans une famille d'ouvrier mais de tradition paysanne, à Leningrad. Il était le troisième enfant mais le premier à survivre au-delà du bas âge. Elevé à l'époque soviétique, et rapidement employé du KGB, il en avait gardé un grand respect de l'ordre et de l'autorité, un sens de la grandeur de la Russie et une haine

77

viscérale et teintée de paranoïa de tout ce qui est de près ou de loin américain. Il répétait d'ailleurs que le plus grand drame du vingtième siècle était l'effondrement de l'URSS. Le plus grand drame ! Dans un siècle qui avait été le témoin, entre autres, de deux guerres mondiales et de l'Holocauste !

C'était un vrai macho, dans sa version russe : champion de Sambo et toujours fier d'arborer ses muscles, de clamer sa virilité et de faire des commentaires homophobes. Bien qu'adoubé par Boris Eltsine, il ne ressemblait en rien au premier Président russe de l'ère moderne. Il s'apparentait plutôt à une espèce de néo-tsar autoritaire et impérialiste. Un homme tenace, au caractère marqué, qui savait parfaitement tordre le bras de quiconque lui résistait ou se relâchait dans sa loyauté.

Mais ces démonstrations de testostérone récurrentes n'excluaient pas une intelligence une intelligence des plus vives. Il avait prouvé à maintes reprises à ceux qui le limitaient à son coté brutal, qu'ils se trompaient lourdement. En fin stratège, il avait su très bien naviguer, par exemple, durant la crise syrienne et manœuvrait toujours à la perfection son opinion publique.

Adulé en Russie il vivait mal l'absence de respect des dirigeants mondiaux que ces derniers se gardaient bien d'exprimer mais qu'il sentait sans le moindre doute ;

En résumé, et en étant particulièrement créatif, intelligence et caractère étaient probablement les deux seuls points communs qu'on pouvait lui trouver avec Adler Dixon !

Le 17 janvier 2017 Adler Delaney Dixon fut intronisée Présidente des Etats unis. Le 18 mars 2017, aux premiers jours du printemps, les troupes russes entrèrent en Ukraine sous le prétexte de rétablir Petro Akharov, le Président pro-russe déchu trois ans auparavant, et de défendre les populations russophones « oppressées » dans l'ouest du pays.

Le 19 mars 2017 les Etats-Unis et les pays membres de l'Organisation du Traité de L'atlantique Nord déclarèrent la guerre à la Russie et firent face à une des plus grandes et plus puissantes armées du monde, forte d'un effectif de 1,5 million de militaires et d'un arsenal nucléaire pléthorique et imparfaitement recensé.

Le reste est dans les livres d'histoire qui ne peuvent probablement expliquer qu'une petite partie de ce qui se passa alors.

Le 20 mars 2017 la Chine de Chao Huang, profitant de l'escalade militaire entre son plus gros fournisseur d'énergie et son premier client et débiteur, annexa les iles Senkaku contestées depuis toujours au Japon, après y avoir fait débarquer quelques milliers de soldats. La septième flotte américaine qui ne devait pas être engagée directement dans le conflit avec les Russes se mit en état d'alerte maximum et le gouvernement d'Adler Dixon dénonça avec la plus grande véhémence cette invasion. La Chine mit également en état d'alerte sa propre flotte et positionna de nombreux bâtiments autour de Taiwan, formant un blocus de facto, et faisant craindre un renversement du gouvernement en place à Taipeh.

Le 21 mars, début du printemps, sans que le monde civil ne l'apprenne, et en moins d'une demi-heure entre 11h30 et midi *Eastern Time*, l'intégralité des satellites russes, soit une centaine environ, furent détruits par les Américains. Le message fut sans ambiguïtés, rendit l'organisation de défense russe, aveugle, pratiquement impossible et provoqua la consternation en Chine.

A 13h ce même jour, l'administration américaine intima l'ordre à la Chine d'arrêter le blocus de Taiwan en menaçant d'abattre un satellite toutes les cinq minutes. A 14h le 21 mars et après avoir perdu douze satellites militaires, la Chine rappela sa flotte et relâcha le blocus.

Si le grand public ignora cette complète et impressionnante domination spatiale américaine, elle n'échappa pas, en revanche, à toutes les puissances rouleuses de mécaniques qui, jusque-là, convaincues que les Etats-Unis n'avaient plus les moyens militaires de leur diplomatie, revirent rapidement leurs positions. L'Iran renonça à attaquer militairement Israël, la

Corée du Nord à attaquer la Corée du Sud et le Pakistan et l'Inde en restèrent aux invectives.

En Ukraine trois-cent-cinquante mille soldats russes ouvrirent plusieurs fronts, à partir de la Biélorussie, de la Crimée, mais surtout de la frontière orientale du pays. Ils se heurtèrent à une armée ukrainienne qui, à défaut, d'être parfaitement organisée, avait eu le temps, pendant tout l'hiver, et grâce au répit que lui avait obtenu Lincoln Miller, de se déployer efficacement après avoir fait appel au million de réservistes que comptait le pays. Les américains n'avaient d'ailleurs pas hésité à apporter une aide directe aux forces ukrainiennes pendant les six mois d'hiver : moyens logistiques, communication et systèmes anti-aériens principalement.

Andrioukhine avait parié que l'occident 'émasculé' n'oserait pas s'opposer à ses visées impérialistes. Une erreur compréhensible au vu des signaux qu'il avait reçu d'eux les dix années précédentes, mais une erreur lourde de conséquences. S'il s'était trompé à ce point, c'était bien sûr en raison de la détermination américaine, mais aussi, en cette occurrence à celle de l'Europe, Turquie comprise, qui n'avait aucune envie de voir resurgir les fantômes du passé.

En dépit des bravades et gesticulations de leurs dirigeants devant les médias, les militaires russes sentirent rapidement l'impasse dans laquelle ils se trouvaient. Leur système antimissile était quasiment inopérant, sans informations satellites. De même, leur arsenal nucléaire était inutile. Son utilisation n'était d'ailleurs même pas envisagée par l'état-major russe, tant la destruction humiliante de leur système militaire spatial par les américains suggérait que les Etats-Unis possédaient une avance déterminante dans ce domaine également.

La guerre promettait donc d'être longue, à l'ancienne car la Russie ne pouvait pas compter sur le contrôle des cieux. Les missiles antiaériens américains basés en Pologne, Roumanie et en Turquie avaient été d'une effroyable efficacité, et les forces aériennes de l'OTAN dotées des appareils les plus récents, F 16 américains surtout et quelques Rafales français, imposaient efficacement, bien qu'au prix de nombreuses pertes, un black-out dans le ciel d'Ukraine.

Enfin la flotte russe de la mer noire avait été presqu'entièrement détruite sous les effets conjugués de la sixième flotte, de l'engagement courageux de la marine turque et surtout de l'entêtement des forces aériennes de l'OTAN.

Les pertes humaines grimpèrent cependant rapidement pour tous les belligérants car les forces en présence, diablement puissantes, essayèrent dès le début du conflit de marquer l'adversaire et de prendre décisivement le dessus. En outre, les « échanges » de missiles incessants n'atteignaient pas que les installations militaires et de nombreuses pertes civiles furent à déplorer, partout en Europe.

Les Américains profitèrent de leur avantage technologique et ne se privèrent pas de cibler les structures militaires, partout en Russie même si elles ne jouaient aucun rôle dans la guerre en Ukraine. Ils ne se privèrent pas non plus de détruire un certain nombre de d'installations pétrolières et gazières du pays surtout celles qui alimentaient Moscou en cette fin d'hiver.

Le 27 mars, la Chine attaqua sans aucune sommation, mais avec des moyens gigantesques, les deux provinces orientales de Sibérie sous le prétexte, totalement fallacieux, de défendre les populations chinoises desdites régions. Son but était évidemment de mettre la main sur les ressources pétrolifères de la zone, en particulier celles de Sakkaline. Ce mouvement surprit le monde entier même, officiellement, les américains, qui dénoncèrent fermement cette agression.

L'ampleur des ressources terrestres et aériennes déployées par la Chine et surtout un certain effet de surprise amplifié par la carence d'information satellitaire, lui permit d'infliger, dans un premier temps, d'énormes pertes à l'armée russe. L'aviation chinoise en particulier détruisit une partie de la flotte du pacifique basée à Vladivostok dans une attaque du même type que Pearl Harbor lors de la deuxième guerre mondiale. Les forces russes, considérables dans cette région, se mirent néanmoins en branle et le conflit sembla s'équilibrer pour finalement s'enliser dans une violence inouïe, rappelant le conflit Irak-Iran.

La Russie se trouva donc engagée en deux semaines dans deux guerres totales avec les deux superpuissances mondiales. C'était deux de trop pour l'économie chancelante du pays et le château de cartes de Andrioukhine s'effondra.

Le 10 avril 2017 Sergueï Karpov le ministre des affaires étrangères russe contacta l'administration Dixon pour parler du malentendu Ukrainien. Ladite administration exigea avant toute discussion le retrait total et inconditionnel de toutes les troupes russes d'Ukraine et de Moldavie. Le 5 mai 2017 alors que les victimes se comptaient par centaines de milliers sur le front sibérien, Sergueï Lavrov signait à la maison blanche, devant Adler Dixon, un armistice qui concrétisait des avancées colossales pour l'Occident : désarmement nucléaire, engagement de non-agression de ses voisins européens, désarmement de la mer noire, déclenchement d'élections démocratiques et anticipées et sécurisation de l'approvisionnement énergétique de l'Europe occidentale.

L'Amérique émasculée, guidée par sa première Présidente, avait mis à genoux la virile Russie et avait laissé s'engluer son seul adversaire géostratégique, la Chine, dans une guerre sans fin en Sibérie.

Le parti de Andrioukhine fut battu aux élections russes. La candidate Olga Smirnova, qui s'était rendu célèbre en démissionnant du gouvernement Andrioukhine pour protester contre la guerre en Ukraine, et qui se présenta comme indépendante, fut élue Présidente de la fédération. En Ukraine, Yulia Blinova accéda à la présidence. En Chine Chao Huang s'accrocha au pouvoir un an de plus mais les deux erreurs stratégiques : blocus de Taiwan et embourbement en Sibérie lui coûtèrent rapidement son poste. Pour faire diversion et pour couper court aux nombreuses manifestations dans le pays contre le ralentissement économique, la guerre, les famines éparses et les rumeurs de manipulation de la stérilité des males chinois, le parti communiste choisit une femme comme premier ministre, Liu Xiangdong, convaincu qu'elle ne serait qu'un pantin dans les mains du Politburo.

Adler Dixon grimpa à 97 % d'opinions favorables aux Etats-Unis et battit les records de popularité de Roosevelt et de Kennedy et …de son mari, en Europe. Les bourses célébrèrent ces nouvelles par une hausse de 37%.

En 2018, quand la Calamité éclata, les dix postes les plus importants au monde étaient aux mains de femmes.

Je vais…je vais et je viens

Entre tes reins,

Et je me retiens

Je t'aime… oh oui je t'aime !

Serge Gainsbourg

Chapitre 5-Nascha

— Bidziil, arrête, s'il te plait.

— Qu'est-ce qui t'arrive ?

— Arrête s'il te plait, dit Nascha doucement.

Convaincu qu'il devait faire preuve de tendresse, Bidziil releva la nuisette de Nascha qui lui susurrait désespérément « chut ! », et installa sa tête entre les jambes de l'indienne qui commença à gémir. Hésitant, il décida que, dans le cadre d'une démarche positive de construction d'un consensus, il allait s'attarder un peu plus longtemps là où il était, tandis que Nascha lâchait en tremblant un « non » faiblissant.

Christelle avait eu un instant de panique quand elle s'était réveillée, au milieu de la nuit, et avait vu entrer dans la chambre un homme plutôt trapu, qui avait aussitôt enlevé chemise et pantalon et s'était jeté sur Nascha.

— Tu ne veux toujours pas ? demanda Bidziil.

Nascha toujours gémissante ne fut probablement pas suffisamment claire dans sa réponse car il retira son caleçon et la pénétra d'un sexe tendu qui ne laissait pas le moindre doute sur l'envie de ce garçon, visiblement assez direct.

Christelle, pétrifiée, ne pouvait pourtant pas s'empêcher de regarder, ou plutôt de deviner, grâce à la lueur de la lune qui pénétrait par la fenêtre à la française de la chambre qu'elle partageait avec l'amie d'Atsa.

Les premières continuaient décidément. Elle n'avait jamais vu le sexe d'un homme et encore moins un couple avoir des relations sexuelles, bestiales comme aurait dit sa mère et les amies qui venaient à la maison. Enfin, jamais vu…en vrai. Les films privés des partouzes californiennes avec des hommes esclaves, payés à la soirée, et les films encore plus amusants, du siècle passé, se transmettaient, voire se visionnaient à plusieurs, dans les universités de la *Ivy League* (certaines filles couplaient même ça avec leur Climan™).

87

Mais aucun de ces films n'arrivait à la hauteur de ce qu'elle avait sous les yeux en termes de gémissements, de râles et autres grincements. Nascha avait saisi des deux bras les barreaux de sa tête de lit et criait, particulièrement quand Bidziil s'enfonçait en elle dans un mouvement où la puissance semblait gagner peu à peu sur la tendresse. Ce dernier, qui embrassait alternativement les seins et le cou de sa partenaire, finit par se tendre comme s'il avait été atteint par la foudre tout en poussant un râle inhumain qui terrorisa Christelle encore plus, si c'était seulement possible. Il s'écroula sur Nascha, la tête enfouie dans le creux de son épaule. L'indienne souriante caressa lentement les longs cheveux noirs de Bidziil qui semblait continuer à l'embrasser. Il lui dit « *Ayor anosh'ni* » et finit par s'endormir.

Christelle se retourna et fit face au mur. Les choses allaient un peu trop vite et elle ne savait plus trop où elle en était. Elle avait fait la veille, vers 23h, la connaissance de Nascha qui l'avait accueillie gentiment, et sans poser aucune question.

Christelle et son guide avaient dîné auparavant dans le coffee-shop d'un motel, aux abords de Farmington. Atsa avait tenu à l'inviter. Il était vraiment taciturne mais dégageait une sérénité et une puissance vraiment intimidantes. Il ne lui avait pas posé la moindre question de tout le repas ce qui l'avait énormément frustrée car elle était, elle, totalement disposée à répondre à toutes les questions, même à celles qu'on ne lui posait pas. Le repas terminé, ils étaient remontés dans la voiture tape-cul et il l'avait déposée devant la résidence des filles, au sein de l'université, où l'attendait la fameuse Nascha.

Elle étudiait la psychologie à NNU et finissait sa dernière année. C'était une belle brune typée visiblement un peu plus jeune qu'Atsa. Légèrement grassouillette, elle avait des formes marquées qu'elle n'hésitait pas à arborer d'une façon qui aurait choqué dans une *Ivy League*. Elle dégageait un charme de tous les instants, d'autant qu'elle était dotée d'un sourire merveilleux qui faisait s'immobiliser le monde, et avec lequel elle accueillit Christelle.

— *Ya'at'eeh*

— Enchantée, avait dit Christelle qui ne savait pas quoi répondre. Je suis navrée de vous déranger.

— Vous ne me dérangez pas si c'est mon bel Atsa qui vous amène.

Ledit Atsa les quitta sans abuser des effusions et sans ressentir le besoin de réexpliquer à Nascha ce qu'il lui avait déjà dit de la voiture. Il fut suivi par le regard des deux femmes jusqu'à sa disparition complète.

La chambre qui les logeait était spartiate mais confortable. Nascha lui avait dégagé quelques étagères dans un placard et lui montra la douche des filles. Christelle s'était endormie, épuisée, dès 23h30 sans avoir osé utiliser son Climan™ en présence de quelqu'un d'autre. Elle s'étonna, néanmoins, d'être aussi excitée sans y avoir eu recours.

Le Climan™ avait été inventé par une société éponyme du Nevada, en 2032, pour sa première version. Son nom était la synthèse de *climax* et *man* (orgasme et homme en anglais). C'était un petit appareil qui ressemblait à des casques stéréophoniques de l'ancien temps et qui avait pour seule ambition de donner des orgasmes aux SHE. La société qui le commercialisait était devenue une des stars du Nasdaq. Cette société avait tout simplement eu le courage d'assumer que la jouissance provenait du cerveau, qui pouvait, à discrétion, déclencher sur le corps les expressions physiques de la jouissance.

Le modèle de base n'incluait que masturbation et caresses entre femmes, mais la version la plus courue, bien qu'interdite partout dans le pays, à l'exception de la Côte Ouest, incluait des fantasmes avec un homme (c'est d'ailleurs la version dont disposait Christelle). La rumeur voulait qu'une version vraiment hot existât, trafiquée par les employés qui fabriquaient Climan™. Elle incluait, semble-t-il, moult variations avec plusieurs hommes et dans des situations de partouzes. Christelle n'avait pas passé le pas, mais plusieurs de ses amies en vantaient les mérites.

Elle fut de nouveau réveillée par des murmures dans la chambre alors que le jour apparaissait.

— Bidziil, va-t'en !

— Hum, quoi ?

— Pars, je te dis !

— Quoi, mais pourquoi ? grommela l'homme que Christelle soupçonnait d'être de Neandertal.

Elle n'entendit plus rien pendant quelques secondes et fit semblant de dormir profondément.

— Mais pourquoi tu ne m'as pas dit gémit Bidziil comme un enfant après s'être rendu compte qu'ils n'étaient pas seuls dans la chambre.

— J'ai essayé, gros nigaud, mais tu avais l'air d'avoir quelque chose en tête.

Il l'embrassa et plaça visiblement sa main à un endroit non autorisé car Christelle entendit :

— A non, tu ne recommences pas ! Va-t'en !

— Tu n'es qu'une femelle ingrate, lui dit Bidziil en rigolant.

— C'est ça, tu as raison. Va-t'en mon amour !

Christelle devina, pendant une période qui sembla durer infiniment, le pauvre Bidziil cherchant son caleçon, sa chemise, et son pantalon, dans la semi-obscurité. En réalité, Bidziil ne sortit qu'au bout de cinq minutes, non sans avoir déposé un baiser sonore sur les fesses de Nascha. Christelle se rendormit en se demandant comment elle allait bien pouvoir étancher sa curiosité et poser toutes les questions qui l'intriguaient à son hôte.

Les deux femmes se réveillèrent une heure plus tard environ quand un réveil sonna, d'on ne sait où, dans la chambre. C'était un samedi d'avril. Nascha n'avait pas cours mais devait étudier pour ses examens.

Lorsqu'elles furent prêtes, elles allèrent prendre un petit déjeuner au réfectoire qui n'était guère encombré pour cause de week-end. La majorité de la population semblait indienne ou d'origine indienne mais Christelle n'essuya quasiment aucun regard de curiosité, en dépit de ses cheveux blonds et de ses yeux clairs. Les seuls regards qu'elle dut 'subir' furent ceux de quelques hommes qui ne se cachèrent pas en la détaillant des pieds à la tête, car le réfectoire comme la plupart de l'université était mixte. Ils s'appesantirent même à quelques étapes sur le parcours, ce qui la fit rougir.

Installées à une table, elles attaquèrent un petit déjeuner assez simple mais délicieux et reconstructeur.

— Je suis désolé pour cette nuit, c'est très embarrassant, commença Nascha qui n'avait, paradoxalement, absolument pas l'air embarrassée.

Le premier instinct de Christelle fut de feindre de ne s'être rendu compte de rien. Mais ce n'était pas crédible et, surtout, cette stratégie l'aurait empêché de poser toutes les questions qui lui brulaient les lèvres.

— C'est ton petit ami ?

— « Petit » si on peut dire car c'est un sacré morceau, dit-elle en souriant.

Christelle ne savait pas par quelle question commencer. Pourtant contrairement à Atsa, Nascha avait l'air d'une victime assez consentante.

— Vous vous voyez souvent ?

— Une ou deux fois par semaine. Il travaille sur des chantiers partout dans la Nation et je ne sais jamais vraiment quand il revient sur Farmington.

— Et il revient toujours …de cette façon-là demanda-t-elle hésitante.

— Souvent, dit-elle avec des étincelles dans les yeux.

— Et…tu es à sa disposition ?

Nascha lui sourit gentiment. Elle était issue d'une civilisation qui avait toujours respecté les femmes et les avait même mises au centre de toutes les transmissions entre

93

générations. Elle n'avait pas à recevoir de leçons de connasses qui s'étaient rendu compte, à l'occasion de la Calamité, qu'elles pouvaient approprier le pouvoir en se comportant pire que les hommes qu'elles maudissaient.

Quant à cette petite américaine, elle n'avait sûrement jamais eu un homme installé entre ses cuisses, et devait plutôt s'amuser seule avec son Climan ™. Ce devait être une de ces SHE qui trouvaient l'amour avilissant et confondaient tout.

Elle semblait gentille cependant, et paraissait, au final, plus curieuse que critique.

Et puis, c'est Atsa qui l'avait amenée. Il devait donc lui trouver quelque chose, ce qui avait valeur de caution ultime pour Nascha. Elle décida donc de ne pas lui rentrer dedans, pour cette fois, et lui dit calmement.

— Non je ne suis pas à sa disposition. Je suis aux anges quand je le retrouve, aux anges quand je sens qu'il a envie de moi, aux anges quand il me fait l'amour avec passion. En clair, je l'aime. Cela ne m'empêche pas de faire les études qui me plaisent, ni de préparer la carrière qui m'intéresse et s'il met ça en cause il ira se faire voir ailleurs.

Elle se resservit du café. Christelle sentit qu'elle l'avait blessée et s'en voulu. Elle n'avait jamais eu des cours de diplomatie dans son environnement de SHE. Et tout ceci était tellement l'opposé de ce qui lui avait été dit pendant son enfance. Nascha avait pourtant l'air d'être parfaitement équilibrée, et en plein contrôle de sa vie. Elle décida sans trop d'effort de changer de sujet.

— Tu connais Atsa depuis longtemps ?

— Depuis que j'ai de la mémoire, dit-elle étonnamment sérieuse.

— Je lui dois une sacrée chandelle, dit Christelle.

— On ne fait pas faire à Atsa des choses qu'il ne veut pas faire répondit mystérieusement Nascha.

— Il m'a dit qu'il étudiait la …biomédecine ?

Nascha la regarda surprise.

— Il est médecin depuis quatre ans, clarifia-t-elle finalement. Il est en train d'écrire sa thèse et de finir son PhD en sciences génétiques et en immunologie.

Christelle resta bouche bée. Le guide rustaud à qui elle avait donné trente dollars de pourboire, s'apprêtait à obtenir un PHD dans deux disciplines, soit ce qui se faisait de plus difficile dans les universités américaines. Décidemment, elle se ridiculisait avec ses jugements à l'emporte-pièce et les histoires qu'elle se racontait sur les gens, depuis qu'elle était en territoire Navajo. Comment avait-elle pu faire preuve d'une telle arrogance !

Quand elle pensait qu'elle lui avait jeté son MBA de Harvard à la tête. Sans compter qu'Atsa avait sûrement dû se

95

battre autrement plus qu'elle, pour atteindre et financer un diplôme plus prestigieux et exigeant.

Certes elle vivait des « premières » plutôt agréables, mais elle murissait aussi à vitesse grand V.

— Quel est le thème de sa thèse ?

— « De l'extraction de l'uranium sans impact sur la santé » ou quelque chose de ce style. Il écrit sa thèse avec d'autres chercheurs et médecins.

— Pourquoi ce thème ?

— Nous avons beaucoup d'uranium sur le territoire de la Nation mais beaucoup de Navajos sont morts en travaillant à son extraction. A tel point que les autorités l'ont arrêtée il y a soixante ans. Je crois que l'idée de Atsa est de relancer cette extraction mais dans de bonnes conditions. Je crois qu'il veut faire d'une pierre deux coups et essayer de mieux comprendre les déficiences génétiques, assez nombreuses, des Navajos. En fait, je crois que l'uranium est devenu accessoire et qu'il se concentre plus maintenant sur les carences des navajos. Mais franchement, je n'ai pas tout compris et je crois que, plus il trouve de problèmes, plus il veut les résoudre. Donc son thème évolue.

— Est-ce que… ? commença Christelle en rougissant.

Nascha attendait patiemment la question qui devait venir, au vu des regards de merlan frit que cette petite sotte jetait à Atsa, hier, en sortant de la voiture.

— Atsa n'a qu'un amour en ce moment...sa thèse.

Christelle ne réussit pas à cacher son soulagement ce qui ne manqua pas de faire sourire sa vis-à-vis. L'indienne n'était pas surprise. Son Atsa était non seulement bel homme mais il projetait aussi une confiance et une distance par rapport aux petitesses du monde qui en fascinaient beaucoup. Cette femme n'était pas la première et ne serait probablement pas la dernière.

Ceci étant dit, elle semblait sincèrement respectueuse et avide de comprendre ce monde qu'elle découvrait et n'avait pas la superficialité de ces salopes qui venaient juste pour se faire sauter par des peaux-rouges.

La montre de Nascha vibra.

— Tiens, quand on parle du loup... ou plutôt de l'aigle, dit-elle en répondant à Atsa en rapprochant son poignet de sa bouche.

— Bonjour mon âme, ces dames ont-elles bien dormi ? Atsa demeurait préoccupé par l'histoire que lui avait servie Christelle dans la Silverado, et voulait s'assurer que tout allait bien.

— Euh moi, ça a été un petit peu chahuté répondit-elle sans développer, mais ta petite blonde s'est visiblement bien reposée.

Christelle rougit de nouveau en s'entendant qualifier de « petite blonde d'Atsa » mais cela ne lui déplut pas, ce dont se doutait Nascha. Elle continua en navajo et lui demanda s'il voulait lui parler.

— Non, dit-il. En revanche si Bidziil est encore là mercredi soir, peut-être pourriez-vous tous venir diner à l'appartement ?

— Oui mon seigneur, ce sera avec plaisir répondit la navajo étonnée qu'Atsa accepte de faire une pause dans son travail de thèse. Je ne suis pas certaine que Bidziil ne soit pas reparti mais nous verrons.

— D'ici là, prend soin d'elle. Je pense qu'elle est moins superficielle qu'elle en a l'air.

— Oui mon aigle. Je suis plutôt d'accord avec toi.

Christelle qui se flattait de parler espagnol (qui était à égalité avec l'anglais en tant que première langue dans la CNA) n'était pas habituée à ne pas comprendre une conversation. Nascha s'excusa d'ailleurs immédiatement d'avoir parlé navajo.

— C'est la langue qui nous vient spontanément quand nous parlons entre nous. C'est une bonne chose, car il y a cinquante ans elle était en perte de vitesse. Il aurait été dommage qu'elle disparaisse, c'est une langue riche, originale et chargée d'histoire.

Christelle acquiesça de la tête :

— Combien de temps peux-tu m'accueillir sans que je dérange … sachant bien sûr que je tiens à partager tous les frais ?

— Ecoute, j'aurai mon diplôme, avec un peu de chance, fin juin. Tu peux rester aussi longtemps que tu veux jusque-là. Pour être honnête, je suis preneuse de quelqu'un qui partage les frais car je travaille dans un restaurant les mardis et jeudis soir pour payer la chambre... et je rêve d'arrêter

— *Deal* ! je m'engage jusqu'à juin et...

Elle s'interrompit et resta bouche bée. Une jeune femme navajo qui, pour sûr, n'avait pas même les vingt-six ans de Christelle, passait à côté de leur table. Elle avait sa main droite posée sur un ventre tout rond, et donnait sa main gauche à une petite fille ravissante, qui avançait à cloche-pied, compliquant involontairement l'avancée de sa maman. Elles s'installèrent à une table à côté de la vitre. La petite fille se leva et vint poser sa tête doucement sur le ventre de sa maman qui récupérait son souffle avant d'aller chercher un plateau de petit déjeuner.

Christelle, que Nascha observait avec un air mi-amusé, mi-sévère, n'en croyait pas ses yeux. Elle avait déjà vu des femmes

99

enceintes de loin sur la Côte Est. Mais, là-bas, la coutume voulait qu'elles soient discrètes car, sans être stricto sensu hors la loi, elles ne respectaient pas les prescriptions de la constitution et représentaient, sans conteste, un mauvais exemple.

— Sais-tu ce que fait la petite fille ? demanda-t-elle à Nascha qui se retourna pour vérifier.

— Elle écoute son petit frère ou sa petite sœur dans le ventre de sa mère, répondit-elle en souriant. Et peut-être essaie-t-elle de le ou la sentir bouger.

A ce moment-là la petite fille éclata de rire et répéta trois fois quelque chose en navajo à sa maman, qui lui sourit.

— Il semble que le coquin ou la coquine lui ait donné des coups de pieds, dit l'indienne à une Christelle subjuguée.

Christelle ne pouvait détacher les yeux de la scène qui se déroulait à l'autre table où la petite fille avait remis sa tête au même endroit. Elle trouvait ce qui se passait d'une force incroyable et d'une beauté extraordinaire. La maman irradiait le bonheur et sa petite fille, la joie la plus primaire et la plus sincère.

En quoi cela pouvait-il être un problème ? Et surtout qu'est-ce que cela avait à voir avec cette domination des hommes, qui avait incontestablement nuit au monde dans les derniers millénaires. Si ce genre de scènes donnait du pouvoir à quelqu'un, il lui semblait que c'était plutôt aux femmes. Elle ne put s'empêcher de regretter qu'elle n'ait jamais connu ce genre de complicité avec sa mère bien qu'elle l'aimât tendrement. La reproduction clonique était un peu comme l'adoption au siècle passé, sauf qu'on partageait l'ADN de sa mère et qu'on ne connaissait pas son père.

— Le père n'est pas là ? réussit à articuler Christelle.

— Non je crois que c'est un professeur de philosophie à NNU et ils ont des cours le samedi matin pour les optionnels des étudiants qui ne sont pas en Lettres.

— Crois-tu que je pourrai m'inscrire dans un cours de langue et culture navajo ? balbutia-t-elle tout en continuant à observer avec envie la maman et sa petite fille.

— Le prochain trimestre commence dans une semaine et les inscriptions sont closes depuis longtemps, répondit Nascha à une Christelle dont le visage s'assombrit. Mais ton aigle protecteur n'aura aucun problème à t'obtenir un passe-droit, en expliquant que « pour une fois qu'on a une américaine vraiment intéressée par notre culture, il faut en profiter ».

Le visage de Christelle s'éclaircit. Elle était fascinée par cette Nation et voulait en savoir plus. Elle ne savait pas si sa fascination provenait des navajos eux-mêmes ou juste du fait qu'ils vivaient en harmonie avec le passé et en désaccord avec les préceptes des SHE de Washington. Elle était aussi bizarrement heureuse d'entendre Nascha dire qu'Atsa était son protecteur. Elle craignait d'avoir très envie d'être protégée et peut-être même plus.

— Comment va Atsa ? finit-elle par demander sans pouvoir résister une seconde de plus.

— Egal à lui-même, répondit Nascha, cruelle et feignant d'être surprise par la question. Il nous invite à diner mercredi soir chez lui, lâcha-t-elle finalement pour se déculpabiliser de sa méchanceté.

Les yeux de Christelle se mirent à briller. Comment était-il possible que cet homme, qu'elle ne connaissait pas deux jours auparavant, occupe une telle place dans son esprit ? Et comment allait-elle faire pour attendre quatre jours avant de le revoir ?

Feed the world. Preserve our resources. Save lives.

Better Life Inc- "our values"

Chapitre 6-Chlorure d'**al**kyldiméthylbenzylammonium

En mars 2005, une société américaine de biotechnologies agricoles demanda et obtint un brevet pour un pesticide révolutionnaire, à base de chlorure de benzalkonium, le Cal747. Au premier abord, il n'y avait pourtant rien de révolutionnaire dans l'utilisation du chlorure de benzalkonium dans un pesticide. C'était monnaie courante, et toutes les sociétés d'agrochimie avaient déjà en portefeuille des produits qui faisaient appel à ce dérivé bien connu.

103

Ce qui était révolutionnaire, en revanche, c'était les « *claims* » c'est-à-dire les allégations que cette société, basée dans le Missouri, revendiquait dans le résumé de son dossier de brevet : « La biodégradabilité du chlorure de benzalkonium dans le Cal747 est tout simplement exceptionnelle et autorise des concentrations très fortes. L'efficacité du Cal747 est donc tout simplement hors pair et son innocuité pour la nature et, surtout, pour l'espèce humaine, totale ! Les évaluations toxicologiques effectuées par trois laboratoires différents et indépendants confirment ces résultats proprement impressionnants ».

La société détaillait ensuite, pendant plus de 350 pages, les résultats des études menées pendant cinq ans par ces laboratoires, tous américains, aussi bien sur l'efficacité, que sur la biodégradabilité et l'innocuité du nouveau pesticide.

Le brevet fut accordé relativement facilement à Better Life Inc., la société du Missouri, par les autorités américaines, mais ne passa pas complètement inaperçu à l'époque.

Greenpeace dénonça une escalade criminelle dans l'utilisation de pesticides surpuissants, mais aucun media ne relaya leur position. Toutes les sociétés concurrentes étudièrent et analysèrent le Cal747 dès qu'il fut commercialisé en juillet 2007. Leurs laboratoires se mirent immédiatement au travail, en se concentrant sur la problématique d'efficacité qui était celui qui intéressait leurs clients, pour conclure que le Cal747 était bien, et de loin, le pesticide le plus complet et le plus efficace de sa catégorie.

Les actions de Better Life Inc. grimpèrent de 138% en 2008 et la société rejoignit l'indice Dow Jones. Elle commercialisa son pesticide en direct, et avec un succès colossal, aux USA, au Brésil et en Argentine, capturant au passage une indécente part de marché. En Europe l'exclusivité du Cal747 fut accordée, contre royalties, aux deux géants de l'agrochimie allemands qui inondèrent, grâce à leurs puissantes forces de frappe commerciales, tous les marchés des Europe de l'Ouest et de l'Est. En Chine le leader local, China Agricals, avec les encouragements du gouvernement de Pékin, obsédé par la tâche dantesque de nourrir plus d'un milliard de personnes, reçut l'exclusivité et commercialisa immédiatement, à prix coûtant (royalties Better Life Inc. incluses bien sûr) le Cal747. En Inde Agroda Chemicals obtint, de même, l'exclusivité du pesticide.

Au final seul le continent africain, délaissé comme toujours, ne 'bénéficia' pas des bienfaits du Cal747 à l'exclusion, bien entendu, de l'Afrique du sud.

Les rendements agricoles s'améliorèrent sur tous les continents facilitant le développement des économies russes et chinoises qui purent, à moindre coût, sécuriser l'alimentation de leur population.

105

Les compagnies d'agrochimie investirent des sommes considérables en publicité arguant qu'elles « créaient un monde meilleur », et en *lobbying* auprès du gouvernement américain et, surtout, des autorités de Bruxelles. Celles-ci furent stigmatisées comme rétrogrades, et finirent par céder sous la pression. Elles assouplirent la législation et par élargirent le champ d'utilisation autorisé du Cal747.

Etonnamment, c'est en Chine, dix ans plus tard, que l'intuition de la Calamité transpira, en premier, sur les réseaux sociaux. En 2019 tout d'abord, la médecine militaire s'étonna de l'augmentation impressionnante de cas de cancer chez des jeunes recrues. Très vigilants dans un premier temps car il était fréquent, en temps de guerre, de voir les pseudo-maladies apparaitre, les médecins militaires purent malheureusement confirmer aisément qu'il ne s'agissait aucunement de simulations.

Craignant que cette augmentation des cas de cancers ne provienne de l'utilisation, par les Russes, d'armes chimiques, les médecins comparèrent les statistiques des militaires qui avaient été au front Sibérien et celles des administratifs restés à Pékin. Sensiblement la même augmentation exponentielle de cas de cancers se retrouvait. La médecine civile confirma, pour finir de mettre tout le monde d'accord, l'augmentation colossale des cas de cancers dans la population masculine à travers toute la Chine. Le politburo, saisi du problème par la ministre de la santé, décida de ne pas généraliser le dépistage pour ne pas inquiéter un pays en guerre totale avec la Russie.

Presque dans le même temps, les réseaux sociaux commencèrent à regorger de rumeurs sur des tentatives du gouvernement de manipuler la fertilité des hommes chinois. La rumeur se fondait sur la croissance, elle-aussi exponentielle, du nombre de couples qui n'arrivaient pas à avoir d'enfant en raison de la stérilité de l'homme. La fécondité des chinoises avaient toujours été contrôlée par le gouvernement et la règle d'un enfant par couple en était le symbole le plus connu. Compte tenu de la difficulté du pays à nourrir toutes ses bouches, une manipulation plus directe d'un gouvernement réputé pour son manque de transparence n'était pas à exclure, d'où la propagation de cette rumeur.

Mais le gouvernement chinois finit par saisir l'OMS du problème, ce qui tua dans l'œuf la théorie de la manipulation. L'OMS alerta tous ses membres et leur demanda de confirmer ou d'infirmer des observations analogues.

Du monde entier, ou presque, car les statistiques africaines étaient peu fiables, revinrent les mêmes statistiques alarmantes : augmentation exponentielle des cancers masculins, en particulier de la prostate, et ceci dès l'âge de trente ans, et explosion des observations de stérilité chez les hommes.

L'OMS alerta tous les gouvernements en ne sachant pas vraiment...de quoi elle les alertait ! La plupart des médias accusèrent la guerre et l'emploi caché qui avait probablement été fait des armes chimiques. Cette hypothèse s'effondra également, car la population américaine civile, qui n'avait absolument pas été exposée aux méfaits de la guerre en Ukraine, montrait le plus haut pourcentage de cancer chez les hommes et un niveau pandémique de nouveaux cas de stérilité masculine.

Greenpeace rappela alors que deux-cent-quarante-trois des cinq-cent-douze pesticides les plus vendus au monde, étaient suspectés d'être cancérogènes, mutagènes, et reprotoxiques. L'ONG internationale nota également les lacunes de l'information disponible puisque, « même les meilleurs laboratoires de l'UE ne peuvent pas détecter, lors des contrôles de routine, les résidus dans l'alimentation de 42% des pesticides présents sur le marché ». Cette fois les médias relayèrent les propos de Greenpeace en les agrémentant, comme à leur habitude, de toutes sortes de statistiques fantaisistes.

Greenpeace avait engagé, à ses frais, le test dit 'test d'âmes' sur les trois pesticides les plus vendus au monde à commencer par le Cal747. Les résultats furent accablants et incitèrent l'ONG à envoyer un communiqué de presse aux journaux qui titrait : « La Calamité ! ».

Le communiqué commençait par cette phrase restée célèbre bien que d'un goût indéniablement douteux : « Le Cal747, dont l'usage a été généralisé en bénéficiant de la complaisance coupable des gouvernements de la planète, présente un indice CRM effroyable et provoque la stérilité masculine à la vitesse d'un supersonique. C'est une véritable calamité que les humains se sont auto-infligée ».

Better Life Inc., poursuivit immédiatement en justice l'ONG basée à Amsterdam. Mais cela n'empêcha pas sa capitalisation boursière de sombrer de 96% alors que les *Class Actions* s'organisaient aux Etats-Unis. Elle entraina même, dans sa chute, toutes les sociétés agrochimiques et le Dow Jones dans son ensemble, meilleure preuve que le monde économique donnait du crédit aux thèses de Greenpeace.

Le monde scientifique, quant à lui, s'attela à essayer de trouver des angles, pour contrer les effets destructeurs de la Calamité (le nom Cal747 tout comme l'appellation Calamité étaient dérivés de son composant principal le Chlorure d'alkyldiméthylbenzylammonium, spermicide bien connu). Il apparut vite qu'il était trop tard, car le mal était bien ancré, en tous cas pour toute la génération qui avait été exposée au pesticide.

Contrer les effets calamiteux du Cal747 semblait donc, à ce stade, une gageure. En revanche le monde scientifique, sous une énorme pression de la population, des gouvernements, mais aussi sous l'effet d'un stress individuel majeur des chercheurs qui étaient eux-mêmes atteints par les effets du pesticide, essaya d'étudier les populations les moins touchées par le fléau.

Les Islandais, l'Afrique noire, les populations amérindiennes vivant en relative autarcie, semblaient par exemple largement épargnées. Pour autant, cela traduisait seulement une moindre exposition au pesticide, et n'offrait en réalité pas d'espoir particulier au monde médical. En revanche une couche de la population ne subit que peu les effets pathogènes du Cal 747 : les femmes.

Certes les cancers augmentèrent dans la population féminine, mais sans aucune commune mesure avec l'explosion observable chez les hommes. En outre, la plupart de ces cancers pris tôt réussissaient, chez elles, à être traités. Les médecins ne furent pas vraiment capables d'expliquer ces différences au-delà du cliché que les femmes étaient plus résistantes que les hommes. Une hypothèse fut que l'effet mutagène impactait plus le système urinaire et sexuel masculin et se transformait donc plus 'surement' en cancer. Une autre, plus fantaisiste, échafauda un lien entre la fonction spermicide du Cal747 (par définition spécifiquement masculine) et le déclenchement d'un cancer. Rien ne permit vraiment d'étayer cette théorie.

Si les femmes ne furent que peu affectées médicalement, elles le furent en revanche énormément, économiquement et surtout psychologiquement.

Dès 2020, l'économie mondiale s'effondra. Déjà bien secouée par la guerre d'Ukraine et, encore plus, par celle de Sibérie qui avait monopolisé, pendant trois ans, l'énergie du premier exportateur mondial, elle ne résista pas aux effets de la Calamité. Les valeurs chimiques sombrèrent bientôt suivi par l'industrie agro-alimentaire sur qui des contraintes réglementaires drastiques furent imposées en réaction, bien tardive, au drame du Cal747. Les rendements dans les pays nourrisseurs du monde (Argentine, Canada, Etats-Unis, France...) s'écroulèrent, provocant des famines en Chine et dans de nombreux pays du monde. Les systèmes de santé explosèrent et monopolisèrent d'énormes fonds dans les pays occidentaux, amplifiant les inégalités et réduisant les fonds disponibles pour la croissance.

Les femmes subirent cette crise économique de plein fouet, à trois niveaux. D'abord elles furent impactées, bien sûr, par le contexte économique général. Elles eurent aussi, soudainement, à pallier les carences de revenus traditionnellement générés par les hommes dans le foyer au sens large. Elles durent enfin souvent faire face aux gigantesques

111

coûts de santé découlant de la maladie des hommes qui les entouraient.

Mais l'impact psychologique de la Calamité fut pour elles, si c'est possible, encore plus considérable. Dans un laps de temps très court, il leur fallut assumer, en plus de leur rôle traditionnel de mère et d'épouse, un rôle économique accru, surtout dans certains pays ou les femmes travaillaient peu, en tous cas officiellement. Il leur fallut aussi remplir un rôle de soutien moral à des hommes atteints dans leur chair et dans leur âme, et un rôle de survivante qui voyait mourir père, mari et parfois enfants.

A ces missions effroyables et exigeantes s'ajouta, bien sûr, l'intolérable angoisse pour la majorité d'entre elles, en âge de procréer, de ne pas pouvoir tomber enceinte, faute de partenaire.

Fin 2020, le monde était donc dans un état de déliquescence qu'il n'avait jamais connu, même aux pires heures de la peste noire. Et les femmes ne pouvaient compter que sur elles-mêmes pour le redresser.

En 2021 le taux de fécondité mondiale était de 0.3% et la population du globe était en chute abyssale (l'estimation de la population mondiale par l'ONU était de cinq milliards) car les hommes étaient, tout simplement, décimés ! Dans certains pays les femmes représentaient 75% de la population.

Au final, personne ne sut, ni ne sait d'ailleurs, pourquoi les femmes furent moins affectées par la Calamité. Mais en 2022, l'ampleur du désastre était telle que cette question devint purement intellectuelle. L'humanité était tout simplement menacée, et il convenait de trouver le moyen de sa survie.

Adler Delaney (elle avait repris son nom de jeune fille en 2018 suite au décès de son mari) prit beaucoup de temps pour réagir à la Calamité, ce qui surprit nombre d'observateurs.

De même qu'elle ne se précipita pas pour favoriser un armistice entre la Russie et la Chine (qui fut pourtant signée fin 2019 à Vladivostok) car il ne lui déplaisait pas de voir ses deux principaux rivaux internationaux investir leurs forces vives dans ce conflit, elle mit du temps à prendre position sur les solutions à apporter à la Calamité.

Une branche d'historiens, auxquels personne n'apporte aucun crédit, bien sûr, soutient même qu'elle n'actionna pas tous les moyens à la disposition des américains pour arrêter le carnage afin d'obtenir du congrès des moyens exceptionnels. Certains osent même suggérer qu'elle ne regarda pas d'un mauvaise œil la 'pandémie' liée au Cal747 car celle-ci mit à genou un sexe qui lui semblait responsable, depuis des millénaires, de tous les maux du monde.

Réélue aisément en 2020 elle donna deux ans au monde médical pour trouver une solution scientifique à la Calamité. En

113

janvier 2022, prononçant un discours alarmiste sur l'état de l'union devant un congrès clairsemé par les décès, elle demanda audit congrès de lui accorder, pendant deux ans, les pouvoirs législatifs en plus de ceux de l'exécutif afin de « pouvoir réagir avec la célérité nécessaire à cette menace sur l'existence même des États-Unis et du monde dans sa globalité ».

Elle obtint ces pleins pouvoirs en mars 2022, de la part d'un congrès incapable de fonctionner, déstabilisé qu'il était par des élections partielles incessantes consécutives au décès de tel sénateur ou tel représentant. Le congrès abandonna donc pour deux ans ses pouvoirs à l'exécutif américain et, soixante-quinze ans plus tard, ne les avaient toujours pas retrouvés.

Adler lança cinq initiatives dès avril 2022 :

1) Elle accorda des crédits illimités et l'accès à toutes les ressources militaires, au cinq plus prestigieuses universités américaines afin de mettre au point un clonage humain fiable.

2) Elle créa un Conseil de l'éthique et de la reproduction, basé à Washington, et chargé de coordonner les avances scientifiques en la matière (en particulier le travail des cinq universités) et de s'assurer qu'elles respectaient le cadre éthique préalablement défini par ce conseil en accord avec les grandes religions.

3) Elle exigea que toutes les fonctions stratégiques de l'administration américaine soient occupées par des femmes pour des raisons de sécurité nationale. Cela inclut l'armée où elle autorisa cependant que le fonctionnent se fasse en duo pour faciliter les transitions. De même toutes les sociétés étant en relation commerciale, d'une façon ou d'une autre, avec l'état américain (c'est-à-dire toutes les sociétés) se devaient dans les deux mois d'être dirigées par une femme.

4) Elle demanda à la Cour Suprême de revoir fondamentalement dans les trois mois le droit américain pour privilégier les femmes et en particulier simplifier toutes les problématiques de succession et de contrat de mariage qui encombraient les cours américaines depuis trois ans. L'objectif était de positionner la femme comme l'élément stable du foyer puisque c'était, qu'on le veuille ou non, la réalité.

5) Elle proposa et obtint la création d'un W10 regroupant les dix femmes les plus puissantes de la planète arguant que ce serait un vecteur de stabilité dans la gouvernance du monde

Toutes ces initiatives semblaient servir une bonne cause, et ne rencontrèrent pas beaucoup d'opposition à l'époque. Adler ne prenait finalement que des mesures pragmatiques qui visaient à assurer la continuité de la société américaine et internationale, en s'appuyant sur son élément sain, les femmes. En outre les hommes étaient KO pour la plupart, pour de bon et pour longtemps. Ils tournaient en rond, à ce stade, au premier échelon de la hiérarchie de Maslow, celui de la survie.

En réalité Adler et sa garde rapprochée prirent d'autres décisions dont l'Histoire ne semble pas avoir eu connaissance ou gardé trace :

1) Interdiction sous peine de prison immédiate de trafiquer du sperme pour insémination artificielle, en dehors des organismes de santé désignés par le Comité d'éthique-Certains hommes restés féconds, et beaucoup d'immigrants africains, avaient trouvé dans ce trafic une opportunité lucrative au plus haut point.

2) Incitation financière au don de sperme dans le cadre officiel et sous contrôle sanitaire- L'incitation des hommes non stériles était à ce stade la seule solution au renouvellement de l'espèce.

3) Interdiction temporaire de voyage pour les citoyennes Américaines vers l'Afrique- de nombreuses américaines désespérées de ne pouvoir procréer suivaient au mépris

de toutes les règles de sécurité, une filière africaine dont elles ne revenaient, souvent, pas.

4) Visites médicales biannuelles à l'embauche des hommes pour l'armée et les emplois stratégiques (énergie, communication, intelligence…) - Nombre d'hommes cachaient la maladie, qu'ils savaient fatale, jusqu'au dernier moment, pour subvenir aux besoins de leur famille.

Mais l'histoire officielle ne mentionnait pas non plus que la première des initiatives d'Adler avait été légèrement manipulée dans sa formulation. Les cinq universités n'avaient pas un chèque en blanc pour réussir le clonage humain car les Américains maitrisaient parfaitement cette technologie depuis plus de dix ans.

Elles avaient un chèque en blanc pour créer un mécanisme de reproduction de l'espèce par clonage, mais surtout par le 'mélange' de l'ADN d'un homme avec celui d'une femme c'est-à-dire un mécanisme assez proche, dans son résultat, de la reproduction classique bien que très différent dans sa méthode. Et ce mélange, qui devait être aussi riche et « aléatoire » que le mixage de la reproduction classique, était en réalité beaucoup plus ardu à obtenir.

C'est l'université de Stanford, en Californie, qui sécurisa ce procédé en 2023, trois ans avant la disparition de SHE Delaney.

117

La population de la terre était, pour peu que les statistiques fussent fiables, de quatre milliards et demi et à 80% féminine.

Peu de bipèdes, depuis Adam, ont
mérité le nom d'homme.

Marguerite Yourcenar

Chapitre 7-Atsa

Dix ans auparavant, la Greyhound avait enfin fini par mettre à niveau sa flotte, et par remplacer les puissants autocars à roue, par des Speedos+. Paradoxalement, alors que les coûts de fonctionnement d'un Speedo+ étaient bien entendu notablement inférieurs à ceux des autocars qui fonctionnaient à l'essence, les prix de la Greyhound avaient augmenté de 20%. Il fallait bien couvrir l'investissement et faire des profits ! Christelle ne s'en plaignait pas car son voyage était quand même beaucoup plus confortable que ce qu'elle aurait dû subir dans les années soixante-dix.

119

Elle se rendait à Denver, dans le Colorado, pour retirer de l'argent…et pour se faire belle. Elle avait considéré que c'était une meilleure option que Santa Fé ou Albuquerque qui étaient au Nouveau Mexique, et surtout beaucoup trop proches de l'endroit où elle avait posé ses sacs. Or si elle ne voulait pas que sa mère se fasse du souci, elle était également certaine qu'elle ne voulait pas que sa mère sache précisément où elle vivait. Elle sentit à quel point le sort des hommes devait être pesant, eux qui étaient repérables à tout moment par les autorités, via le mouchard qui était inséré dans une de leurs molaires.

Elle avait abandonné une chambre vide ce mardi matin, car Nascha avait passé la nuit avec Bidziil qui n'était pas encore reparti sur son chantier.

Elle n'avait pas revu Atsa depuis le vendredi soir et n'arrivait pas à détacher son esprit de lui. Mais il ne lui avait pas donné signe de vie et elle n'avait pas osé demander à Nascha, en dépit de la curiosité qui la rongeait, son code Google.

Le car était au trois quart vide. Et personne ne semblait vraiment aller jusqu'à Denver, le terminus. Les quelques passagers étaient majoritairement des hommes (le salaire des hommes était en moyenne 60% inférieur à celui des femmes et ils ne pouvaient se payer ni l'avion, ni un Speedo personnel). Ils profitaient donc du Speedo+ de Greyhound pour rejoindre les petites villes entre Farmington et la capitale du Colorado.

Greyhound avait maintenu dans les Speedos+ les petits écrans insérés dans les dossiers et qui passaient film, séries, sports et actualité et ceci, bien que leur usage ait été rendu complètement obsolète par l'expansion des Google glass. Mais, au final, personne n'utilisait ni les uns ni les autres car les actualités étaient notoirement manipulées, et le sport masculin n'était pas retransmis officiellement. Quant aux films, ils n'intéressaient plus personne. Hollywood s'était écroulé suite à la Calamité mais surtout à cause de la constitution de 2026.

Le cinéma américain avait aujourd'hui l'originalité et la sincérité du cinéma soviétique cent cinquante ans auparavant. Les « recommandations » du ministère des affaires intérieures qui régissaient officiellement la création américaine dans la foulée de la constitution, avaient empêché toute création de qualité ou même simplement, du goût du public. Sans entrer dans la polémique de savoir si la censure religieuse avait favorisé ou non l'architecture islamique ou la peinture hollandaise, on se devait d'admettre que dans ce cas précis, puisque c'était bien de censure dont il s'agissait, le résultat avait été pitoyable.

Il faut dire que les thèmes couverts étaient pour le moins limités. A l'interdiction des films précédents 2027, qualifiés d'endoctrinement masculin, s'était ajoutée la définition d'un cadre horriblement étriqué, qui réduisait à presque rien, les

121

sujets abordables. Pas de thèmes d'amour entre un homme et une femme, pas de films violents (Adler avait profité de la constitution pour interdire la vente d'arme sur le territoire de la toute nouvelle Colombie Nord-Américaine), pas de mise à l'écran de classiques, à de rares exceptions près.

Restaient donc des films intellectuels sur l'accomplissement des femmes dans la société ou dans leur travail, sur la victoire des USA sur la Russie, sur Adler et sa lutte contre les hommes, des histoires d'amitié entre femmes (rare thème qui échappait d'ailleurs à la médiocrité). Des comédies abêtissantes et politiquement correctes et des grandes sagas bien pensantes, mais lénifiantes, où les hommes en étaient réduits au rôle de bons sauvages bénéficiant de la générosité condescendante des SHE, complétaient cette offre affligeante. Ces derniers films rappelaient les films d'avant les *civil rights* aux Etats-Unis qui avaient toujours un ou deux bons noirs que la star blanche traitait avec le même type de gentillesse condescendante.

L'industrie officielle du cinéma s'était donc écroulée. En particulier, victimes collatérales des 'recommandations', les stars et les starlettes avaient disparu emportant avec eux le rêve qui était la raison d'être centrale d'Hollywood. Les films qui s'achetaient déjà depuis longtemps directement dans le foyer ne trouvaient pas de débouchés. Les films officiels bien sûr, car un énorme et fructueux marché noir existait pour les films préconstitution ainsi que pour les films originaires d'Europe où la censure, à part en Allemagne, n'existait presque pas et où tous les thèmes pouvaient être abordés, même le statut des hommes.

En Europe, en effet, et même si les femmes étaient au pouvoir, la condition des hommes était plus enviable. Ils pouvaient voter aux élections locales par exemple, pouvaient entreprendre facilement avec les mêmes droits privés que les femmes. Les mariages mixtes étaient même autorisés dès lors que le couple s'engageait à la reproduction clonique. A Paris deux écoles mixtes existaient depuis trois ans et le test avait l'air d'être prometteur.

En Italie, en Belgique et en France, la majorité des électrices étaient en faveur du vote des primates femmes, et même des hommes. Les gouvernements régionaux n'avaient pourtant pas encore passé le cap, en raison de la résistance des autres pays européens et surtout de la pression de la CNA.

— Mademoiselle, avez-vous besoin de faire un arrêt pour vous rafraichir demanda le chauffeur qui se trouvait être amérindien, sans se soucier une seconde de l'avis des dix passagers masculins qui avaient peut-être envie de rentrer chez eux rapidement.

Dans une grande partie du pays, cette question aurait été perçue comme déplacée ou sexiste. En l'occurrence elle ne traduisait que la pure gentillesse d'un chauffeur qui respirait la bonté.

— Volontiers, si ça ne dérange pas, lui répondit-elle.

Quand elle avait décidé de faire une pause après son MBA, Christelle avait, dans un premier temps, envisagé d'aller en Europe comme le faisait la plupart de ses amies californiennes. Et puis elle avait décidé de visiter l'intérieur du pays car elle ne connaissait vraiment que les côtes en raison de la paranoïa de sa mère. L'Europe viendrait plus tard si les relations diplomatiques avec la CNA n'étaient pas coupées.

Elle se dirigea vers les toilettes du relais où s'était arrêté le chauffeur qui venait de sortir et avait allumé une cigarette, au mépris des interdictions puisqu'on venait de sortir du territoire navajo. La loi prévoyait trois toilettes femmes pour une toilette hommes ce qui ne faisait que respecter les ratios de la population au moment de son vote. Si l'établissement manquait de place, les toilettes hommes pouvaient être installées à l'extérieur ce qui était le cas en cette occurrence.

L'image que le grand miroir des toilettes renvoya à Christelle, l'effraya. Elle avait des cheveux sans mouvement, une peau terne, des vêtements coupés larges et sans personnalité et, bien sûr, aucun maquillage. Elle n'irradiait rien du tout contrairement à Nascha qui respirait le bonheur et la confiance dans le futur. Pas surprenant qu'Atsa ne l'ait pas recontacté.

La fadeur n'était pas un inconvénient dans la société bien-pensante dans laquelle elle évoluait sur la Côte, et dans laquelle il était mal vu de mettre en avant sa féminité dans une intention de séduction. La personnalisation et les riches vêtements étaient les bienvenus mais devaient s'exprimer de manière asexuée. En revanche, tout ce qui se ressemblait de près ou de loin à un ornement était assimilé à un retour en arrière, au temps où les femmes vivaient sous le joug et pour la satisfaction des hommes.

Christelle n'avait jamais vraiment compris cette logique. Elle se rappelait un film en *Eastmancolor* qu'elle avait regardé sous ses couvertures à Harvard. Le film se passait en Afrique et les deux actrices principales s'appelaient Ava Gardner et Grace Kelly, elle ne l'oublierait jamais (il y avait aussi un homme, un grand benêt dont elle avait oublié le nom). Même dans un monde où les hommes étaient une minorité méprisée, même dans un monde sans hommes, elle aurait trouvé ces deux femmes éblouissantes !

Aujourd'hui les produits de beauté avaient largement disparu, les sous-vêtements féminins s'étaient standardisés et étaient devenus une commodité visant à atténuer les formes féminines.

Les bijoux enfin, se devaient d'être sobres. En tous cas pour la SHE de la rue car, dans la haute société, dans les réunions

125

privées, les femmes n'hésitaient pas à s'orner de bijoux, à se maquiller et à porter les vêtements prêts du corps des designers européens. De même, en Californie les femmes osaient se maquiller, arboraient des bijoux exubérant et détail qui faisait rager Washington, portaient même des jupes ou des robes !

Elle avait admiré Nascha, qui était tellement épanouie, et ne vivait sous le joug de personne, pendant qu'elle se préparait hier soir. Elle s'était préparée pour être en confiance mais aussi pour plaire à Bidziil. Quel mal y avait-il à ça ? Avant de partir elle avait demandé son avis à Christelle en se regardant dans la glace et en remontant ses beaux cheveux noirs. Elle était si belle et exultait le sex-appeal. Christelle l'avait trouvé irrésistible et s'était même senti attirée par elle !

— Tu es merveilleuse, lui avait-elle dit sincère. Il faudra que tu m'apprennes. Bidziil a de la chance.

— Il va falloir qu'il me mérite et qu'il soit vraiment gentil. Peut-être même que je ne lui céderai pas ce soir, avait-elle dit en regardant fixement la petite américaine qui décidemment n'avait pas l'air dans son assiette.

Elle n'était pas dans son assiette car la femme qui se regardait dans la glace dans les toilettes de ce relais n'avait tout simplement aucune chance de séduire le beau et ténébreux Atsa. Elle en était convaincue !

Et pourtant, si Christelle arrêtait de se raconter des histoires, elle devait admettre que c'était la seule, absolument la seule chose qui lui importait depuis vendredi, et elle avait bien peur que ce soit la seule chose qui lui importe pour très longtemps.

Elle sortit précipitamment pour rejoindre le Speedo+ où l'attendait tous les passagers encore à moitié-endormis. Le chauffeur sembla lui jeter un regard approbateur qui lui redonna un peu de confiance.

Ils atteignirent les abords de Denver vers 11h et débouchèrent soudainement, au sortir d'un col, sur cet interminable mais majestueux plateau à deux mille mètres d'altitude, baigné dans une luminosité incomparable. Ils ne s'arrêtèrent à la gare routière Greyhound que quarante-cinq minutes plus tard, tant l'entrée de la ville était étendue.

Christelle remercia le chauffeur qui lui sourit. Il n'était pas sûr de comprendre ce qu'une fille de la haute faisait dans son Speedo+ pourri, mais ça avait l'air d'être une bonne petite.

La bonne petite prit un Speedocab et demanda à la brune typée qui conduisait de l'emmener à la Bank of America sur la dix-septième rue. Elle donna bien entendu l'adresse en espagnol car il y avait bien longtemps que plus personne ne parlait spontanément anglais, à Denver.

La ville semblait de nouveau en expansion portée par tous les gens qui quittaient la Côte Est pour venir y habiter. Témoin de ce dynamisme retrouvé, de nombreux immeubles étaient en construction, envahis par des hommes en tenu de chantier. Un chantier, une plateforme pétrolière ou un camp militaire étaient bien les seuls endroits où on trouvait une telle concentration d'hommes.

Sur le tableau de bord du Speedo, la brune apparaissait sur une image numérique dans les bras d'un grand type plein de tatouages et avec un petit garçon et une petite fille. Difficile de savoir si le type était le père des enfants ou si c'était juste un gus qu'elle avait choisi et qui avait rejoint officieusement et sans véritable statut, un foyer clonique.

La mère de Christelle quelque rigide qu'elle fut sur d'autres sujets, avait toujours eu l'honnêteté de reconnaitre qu'elle ne croyait pas aux statistiques officielles sur la population de primates. Pour elle, cette population était considérablement sous-estimée. Ce que voyait Christelle depuis trois mois semblait lui donner raison. Les statistiques sur la fécondité des hommes devaient être, elles-aussi, un peu périmées car pour avoir un foyer primate, il fallait obligatoirement un homme non stérile.

Dans le cas présent par exemple, les deux enfants avaient exactement le même sourire que le mastoc à tatouages.

— Ils sont superbes vos enfants. Ils ressemblent beaucoup à leur père ajouta-t-elle en sortant un billet de cinquante dollars à l'effigie de SHE Delaney III.

— Ne m'en parlez pas ! Il va falloir que j'en fasse un troisième pour qu'il me ressemble enfin, répondit fièrement la maman taxi.

Il était vrai qu'il n'y avait pas de limite légale au nombre d'enfants pour les primates. Même si tous les obstacles étaient mis dans les jambes des foyers primates : perte de droit de vote pour les mères, pas d'accès au système d'éducation publique pour les enfants, surcoût de toutes les assurances et impossibilité de postuler aux emplois de la fonction publique.

En revanche, les filles issues de la reproduction sexuelle n'étaient pas dépourvues, par défaut, de leur droit de vote. La logique était d'essayer de ramener dans le droit chemin les filles des brebis égarées quand elles arriveraient à l'âge de procréer.

Christelle pénétra dans l'enceinte de la Bank of America et se dirigea vers l'un des vingt guichets automatiques qui lui faisaient face. Elle plaça son œil gauche sur le viseur de reconnaissance rétinienne. La machine lui dit immédiatement :

— Bonjour SHE MacDonald V. Que puis-je faire pour vous aujourd'hui ?

— Je voudrais retirer trois mille dollars.

— Bien sûr SHE. Pour une somme de ce montant, j'ai envoyé un message à ma collègue du guichet numéro deux qui se fera un plaisir de vous les remettre à l'instant. Puis-je faire autre chose pour vous ?

129

— Non merci. Déconnection !

Elle s'orienta vers l'autre coin de la grande salle où se trouvaient les deux seuls guichets « humains » de la succursale. Le premier était envahi par une vieille, très vieille latino qui avait probablement connu l'époque où des employés humains se préoccupaient réellement des problèmes des clients. Elle essayait vainement d'obtenir une réponse de l'employée blasée à laquelle elle faisait face, et contre laquelle elle utilisait une énergie étonnante pour une personne de cet âge. Le second était gardé par une brune qui ne cachait pas ses origines mexicaines et qui lui demanda :

— Merci de me redonner votre reconnaissance rétinienne

Christelle obtempéra puis signa de son index l'écran numérique qui s'avançait mécaniquement vers elle. Elle fut photographiée sans en être consciente et récupéra, enfin, son argent qu'elle rangea dans son sac à dos.

— Merci, dit-elle sans obtenir de réponse de l'employée qui s'était replongée dans quelque jeu ou quelque site latino-américain interdit.

Elle se dirigea vers un coffee-shop qui faisait l'angle de l'autre côté de la dix-septième rue et paraissait incongru au rez-de-chaussée d'un gratte-ciel plutôt aseptisé. Elle commanda un café, un verre d'eau et une salade puis envoya un message vocal à sa mère. Envoyer un simple message vocal était beaucoup plus compliqué que d'envoyer un message vidéo et avait exigé que Christelle passe en manuel sur sa montre. Le message ne pouvait être plus clair pour SHE MacDonald IV et signifiait que Christelle ne voulait pas qu'on la suive :

— Hello Maman. Tout va très bien. Je suis dans l'ouest et je découvre goulûment les beautés de l'Amérique. Ne te fais donc aucun souci pour moi. J'espère que les vieilles réactionnaires qui t'entourent ne t'en font pas trop baver. Je t'embrasse et tu me manques.

Elle avait la gorge serrée. C'est vrai que sa mère lui manquait et qu'elle aurait bien voulu partager avec elle l'enthousiasme de tout ce qu'elle découvrait. Elle ne pouvait oublier le sourire de cette petite fille qui posait la tête sur le ventre de sa mère à NNU. Elle n'avait pas beaucoup de souvenirs de moment passés avec sa mère qui, représentante puis Régente de la Côte Ouest au moment où elle avait eu Christelle, n'avait guère de temps libre.

Après avoir été réélue pour un second mandat, elle avait accepté de prendre le poste de secrétaire aux affaires intérieures à la demande de SHE Delaney III. C'était une charge énorme et, dès lors, Christelle ne l'avait presque plus vue, sacro-saints dimanches mis à part. Mais il fallait rendre à Cléopâtre ce qui appartenait à Cléopâtre, sa mère, bien qu'en essayant de l'influencer, avait toujours laissé sa fille faire ce qu'elle voulait vraiment. Ce périple à travers l'Amérique en était le dernier

131

exemple en date. Et elle n'était pas dupe : si sa mère avait vraiment voulu y mettre fin, elle n'aurait eu aucune difficulté à le faire.

SHE MacDonald IV savait parfaitement que sa fille allait bien, mais fut néanmoins très émue de recevoir le message de SHE MacDonald V. Dans les cinq secondes qui avaient suivi le retrait d'argent à la Citibank de Denver, la secrétaire d'état avait vu l'écran de son bureau à Washington s'allumer, et elle avait reçu l'image de sa fille prenant les trois mille dollars avec l'adresse de la succursale, le nom du guichetier et son code téléphone. Les caméras de vidéo de la banque lui montraient une belle jeune femme habillée en jeans avec un tee-shirt qu'elle jugea beaucoup trop moulant. Sa fille avait l'air d'aller pour le mieux, mais elle avait quelque chose de changé qui préoccupa la ministre, même si elle ne réussissait pas à déterminer ce que c'était.

Christelle patienta jusqu'à 13h30 au coffee-shop et se dirigea vers son rendez-vous de 14h au salon d'esthéticiennes French Riviera. Nascha avait fait la réservation à son nom pour éviter que Christelle ne soit repérée trop facilement. Les deux filles s'étaient amusées à choisir. Le prix (élevé) était important pour garantir la qualité et surtout la possibilité d'obtenir un service complet : services d'esthéticiennes, coiffure et … achat de vêtements. En effet les vêtements un peu sexys étaient rarement achetés en magasin car les femmes sentaient l'œil culpabilisant de leurs congénères (ce que les hommes avaient eu à subir au siècle dernier avec le viagra et les préservatifs en quelque sorte). Ils s'achetaient sur internet ou encore mieux se présélectionnaient sur internet et s'essayaient chez l'esthéticienne européenne. Car c'était le deuxième must. L'esthéticienne devait être européenne. Européenne était une sorte d'euphémisme ou plutôt de code pour signifier : « qui vous rendra séduisante…y compris au regard des hommes ».

Natacha chez French Riviera tourna autour d'elle et lui dit :

— Quelle est la raison profonde de votre visite ma chère ? Séduction d'une femme, d'un homme ou confiance personnelle ?

— Séduction d'un homme, s'entendit-elle dire sans l'avoir prémédité mais sans hésiter une seconde. Il faut néanmoins que cela reste subtil pour ne pas faire trop préparé ni ostentatoire. Elle s'étonna elle-même d'être aussi manipulatrice.

— Très bien, cela me semble très clair, dit Natacha mais ne trainons pas. Bien que nous ayons un bon matériau de départ, nous avons beaucoup de travail, dit-elle, professionnelle, mais sans aucune diplomatie.

A 23h Christelle, de retour, débarquait dans la chambre qu'elle partageait dorénavant avec Nascha, les bras chargés de paquets. Elle avait attrapé de justesse le Greyhound de 17h00 au départ de Denver.

Elle ne s'était jamais fait pouponner comme ça de sa vie mais, au final, avait trouvé cela fort agréable et... elle se sentait en confiance. Néanmoins, pendant le trajet de retour elle n'avait pu s'empêcher de penser à sa mère qui lui disait toujours que les femmes avaient traditionnellement fait les pires bêtises dans le simple but de séduire les hommes. Qu'elles avaient souvent, au cours de l'histoire, été des victimes consentantes qui ne souhaitaient pas complètement se délier de l'emprise que ces hommes avaient sur elles, et qu'il était donc dangereux de redonner une totale liberté aux hommes d'aujourd'hui. Elle n'avait jamais vraiment compris pourquoi...jusqu'à ce samedi. Car depuis samedi, elle aurait fait n'importe quoi, absolument n'importe quoi, pour séduire Atsa.

Les vêtements qu'elle avait sélectionnés n'étaient pas plus osés que ce que les femmes européennes portaient dans la rue. Elle en serait peut-être quitte pour un peu de rougeurs sur les joues de temps en temps. Elle n'avait, en revanche, pas acheté de bijoux craignant qu'ils soient trop criants. Et puis elle adorait les bijoux navajos que Nascha portait et espérait qu'elle lui expliquerait où les acheter. Enfin elle avait pris le risque d'acheter des talons aiguilles modérément hauts, en 37, pour les offrir à Nascha.

— Wow, dit celle-ci s'interrompant dans ses lectures sur le « moi » et le « sur-moi » pour l'accueillir et en se mettant à tourner autour d'elle comme un félin observant sa proie, regardez-moi ça !

— C'est trop voyant ? demanda Christelle en rougissant.

— Non c'est parfait. Elles ont juste dépoussiéré le chef-œuvre, dit-elle en éclatant de rire.

Le lendemain soir les deux femmes allèrent ensemble diner chez l'aigle navajo qui les accueillit en les gratifiant d'un de ses sourires si rares.

— Tiens ma femme favorite, à date en tous cas, accompagnée de ma touriste la plus bavarde de l'année.

— Salut à toi Ô aigle ténébreux répondit Nascha en lui claquant la bise tandis que Christelle faisait signe de la main. Où est mon Navajo ?

— Il a appelé pour dire qu'il serait en retard.

— Des sanctions s'imposent, dit Nascha.

— J'implore la clémence du jury, le défendit Atsa. Il avait oublié d'acheter le vin et devait donc s'arrêter au *liquor store*. Vous avez quelque chose de changé ajouta-t-il à l'adresse de l'américaine.

— J'ai pris une douche répondit-elle.

— C'est peut-être ça. Quelle drôle d'idée ! Excusez-moi
mais il faut que je m'occupe de la cuisine.

L'appartement était situé au premier étage d'une maison
individuelle et n'était pas très grand. Un deux-pièces
visiblement. On devinait une chambre avec salle de bain
derrière une porte, à côté de la baie vitrée qui donnait sur une
courette. Le séjour, assez ample comportait une cuisine
américaine partiellement ceinte par un bar derrière lequel Atsa
cuisinait. De l'autre côté de la séparation que constituait le bar,
se trouvait la table sur laquelle le couvert était dressé pour
quatre.

A gauche de la porte d'entrée, un bureau en désordre doté
des équipements les plus modernes et faisant face à la baie
vitrée. Adossé au mur, perpendiculaire au bureau, trônait un
juke-box à CD du début du siècle. Une sacrée antiquité. La
décoration sur les murs était sobre et constituée principalement
d'artisanat navajo et de trois photos époustouflantes qu'Edward
S Curtis avait datées de 1888.

Le contraste entre des technologies dernier cri et très
sophistiquées et des témoignages des traditions les plus simples
était frappant.

Bidziil arriva tout sourire. Il donna l'accolade à Atsa, salua
poliment mais avec un peu de gêne Christelle, et attrapa
avidement Nascha qu'il attira contre lui tout en l'embrassant
goulûment et en lui collant une main indécente sur la raie des

fesses. Elle s'arracha à son étreinte et lui donna une tape sur l'épaule :

— Bidziil nous essayons de faire bonne impression devant la femme blanche, dit-elle.

— Je crois qu'il est un peu tard objecta Bidziil réaliste.

— Croyez-moi, vous me faites très bonne impression, dit la femme blanche en riant.

— Vous voyez, conclut Atsa en apportant les assiettes avec la salade qui faisait office d'entrée, nous en avons enfin attrapé une de civilisée.

Bidziil servit le vin qui avait une superbe couleur rouge rubis et un nez de framboise.

— J'ai pris un Pinot noir de la Willamette Valley. Cela va-t-il à notre docteur ?

— Excellent choix Bidziil comme toujours. N'en abuse pas sur la salade car la vinaigrette va le tuer. Quand repars-tu sur ton chantier ?

— Lundi probablement. Je ne peux rien faire cette semaine car les architectes doivent se mettre d'accord avec les autorités locales sur un problème de raccordement d'eau au réseau municipal.

— Que construisez-vous ? demanda Christelle.

— Un hôpital, dit Bidziil, à Tuba City

137

— Un hôpital ! reprit Atsa choqué. Tu es beaucoup trop modeste. Bidziil est le maitre d'œuvre de la construction du plus grand hôpital de la Nation. L'un des plus grands de la Côte Ouest mais surtout complètement avant-gardiste dans les matériaux et l'utilisation de l'énergie, solaire en particulier. C'est légitimement un sujet de fierté pour toute la Nation navajo.

Christelle regarda Bidziil qui rougissait sûrement, car ces navajos avaient décidemment l'air modeste. Sa peau brune ne le trahissait en rien, cependant, et il resta impassible. Elle commençait à être lasse de mal juger les gens même si dans le cas présent, elle avait des circonstances atténuantes, car il était dur d'imaginer que le gorille en rut qui s'était jeté entre les cuisses de Nascha était un chef de chantier si réputé.

— C'est délicieux Atsa, dit Nascha pour briser ce court silence, trop sérieux à son goût.

— C'est navajo ? demanda Christelle en poursuivant avec sa fourchette, les délicieux bouts de bacons qui glissaient dans son assiette.

— Non, éclata de rire Atsa, c'est français, C'est une *frisée lardons*, dit-il avec un accent qui semblait très bon.

— Tu es déjà allé en France ? interrogea Christelle surprise.

— Voilà, dit-il en prenant les deux autres à témoin et en montrant l'Américaine, ce que j'ai dû subir pendant tout le retour de la Valley. Elle projetait beaucoup plus de confiance que samedi dernier et pour être honnête était assez attirante. Oui, finit-il par répondre, j'ai passé six mois à l'Institut Pasteur, il y a deux ans.

— Tout le monde accueille notre aigle ténébreux, dit fièrement Nascha

— Pourquoi l'appelles-tu toujours aigle ténébreux ?

— Ténébreux parce qu'il l'est. Aigle parce que c'est ce que Atsa veut dire en Navajo

— Tous les prénoms veulent dire quelque chose ? demanda la femme blanche en regardant du coin de l'œil l'aigle ténébreux.

— La plupart. Mais la coutume d'avoir des prénoms navajos est assez récente et pas si traditionnelle. Au début nous avions des nom-prénoms. Au vingtième siècle nous avions de prénoms américains et des noms navajos et depuis la Calamité, c'est un mélange des prénoms navajos ou américains et de noms navajos. C'est donc aujourd'hui un joyeux et poétique bordel, conclut Nascha.

Christelle se dit que son prénom avait vraiment un sens bien classique et que son SHE Macdonald V était, lui, vraiment ridicule. Elle aurait bien souhaité se trouver un prénom navajo. Atsa commença à débarrasser les assiettes et elle se leva pour

139

l'aider. Bidziil en profita pour embrasser Nascha tout en lui faisant remarquer qu'il aimait ses nouvelles chaussures sexys (en provenance directe de Denver). Atsa apporta un grand plat et commença à servir dans chaque assiette :

— Ceci, en revanche, est un plat typiquement navajo, dit-il à Christelle : un ragoût d'agneau aux dumpings de maïs.

— Ça sent très bon, dit-elle. Il aurait été dommage de rater ça. Je vous remercie vraiment de m'avoir invité.

— Nous n'avions pas le choix répondit malicieusement Atsa, nous devions être quatre.

— Atsa, cria Nascha en tapant sur son bras. Quelle teigne !

— Je plaisante se justifia Atsa. Je suis ravi de vous avoir. Je faisais juste allusion au fait que le quatre est un chiffre sacré, très important chez les Navajos. Chiffre que vous nous avez permis d'atteindre, chère Christelle, par votre présence, dont je me félicite.

— Voilà qui est mieux, dit gentiment Nascha en lui tapant cette fois sur la fesse devant un Bidziil hilare.

— Pourquoi est-il sacré ce chiffre ? demanda une Christelle soulagée et souriante.

— Pour de nombreuses raisons et beaucoup de croyances. En particulier le fait que nous croyons que le monde actuel est le résultat de quatre mondes successifs et que notre territoire historique est délimité par quatre montagnes. Et puis cela fait un sujet de conversation avec les belles touristes blondes de la Côte Est. Comment est le ragoût ?

— Excellent, répondit Christelle rouge pivoine en trempant ses lèvres dans le Pinot Noir choisi par Bidziil.

Vers vingt-trois heures, ledit Bidziil et Nascha s'échappèrent bras dessus, bras dessous, bien sagement. Christelle apprit néanmoins le lendemain que l'acte fut consommé dans le Speedo de Bidziil car il n'eut pas la patience d'attendre d'arriver à son appartement. Elle apprit également un peu plus tard le lendemain que l'acte avait également été consommé à l'appartement, ce qui l'inquiéta un peu sur l'insatiabilité de l'appétit sexuel des hommes.

Restée seule avec Atsa, elle débarrassa et rangea l'appartement avec lui en dépit de ses protestations. Il la ramena ensuite à l'université dans sa Silverado 'flambant neuve'. Arrivée au réfectoire des filles, elle l'embrassa sur la joue à sa grande surprise

— J'ai passé une excellente soirée, dit-elle pleine d'originalité.

— J'étais ravi de vous avoir, dit-il presqu'aimable. Cela m'a sorti de mes gènes et de mes virus. Et puis vous étiez très en beauté.

Elle rougit de nouveau car c'était la première fois qu'elle recevait un tel compliment d'un homme. Et cette 'première'

141

provenait d'un homme qui lui importait énormément. Elle sortit en bénissant Natasha et Nascha puis se dirigea vers la porte du réfectoire. Se ravisant, elle fit demi-tour et se pencha à la fenêtre-passager.

— J'aimerais beaucoup retourner à Monument Valley avec vous, à l'occasion, s'aventura-t-elle.

— Avec plaisir, mais il faudra que ce soit ce samedi car je suis absent, ensuite, pendant trois semaines.

— Trois semaines, gémit immédiatement Christelle en se trahissant. Vous partez loin ?

— Non, à San Francisco répondit Atsa sincèrement touché par sa « détresse », à Stanford pour être précis.

Thou shouldst not have been old
till thou hadst been wise.

William Shakespeare

Chapitre 8-La Vice-Présidente

Début 2020, le vice-Président des Etats-Unis mourut à la suite d'une longue maladie, en suivant le sort d'un grand nombre d'hommes de sa génération. Adler Delaney proposa dans la semaine que suivit la nomination de Olivia Harrison en tant que vice-Présidente. Ce fut perçu comme un choix d'unité nationale courageux car elle était d'obédience très conservatrice, à un moment où le pays traversait une crise effroyable, et venant d'une Présidente qui avait prouvé son savoir faire face aux situations de crise.

Le congrès avalisa sa nomination en une semaine et le seul poste de l'état un tant soit peu important, encore tenu par un homme, fut donc confié à une femme, républicaine de surcroît !

C'est donc ce ticket Adler/Olivia qui fut réélu en novembre 2020 en plein traumatisme de la Calamité. L'arrière-grand-mère de SHE 2 Harrison IV, aujourd'hui Régente du Sud, fut la première vice-Présidente des Etats-Unis mais aussi la dernière. Elle devint six ans plus tard, la première secrétaire aux affaires intérieures et aux hommes de la Colombie Nord-Américaine, nommée par SHE Delaney II. 2020 fut également la dernière fois que les Américains furent appelés aux urnes pour élire leur Présidente.

Les deux premières années de ce second terme furent consacrées à gérer le colossal tremblement de terre social et économique provoqué par la Calamité. En 2022, Adler qui jouissait d'une énorme popularité dans un pays et un monde en complet désarroi, obtint les pleins pouvoirs pour deux ans et lança les mesures de crises qui garantirent la survie de l'espèce humaine.

En 2023 la santé de la Présidente âgée de 76 ans se détériora rapidement, information qui fut, on le comprend bien, gardée confidentielle. SHE Harrison monta en puissance et assura une grande partie de l'exécutif en tant que vice-Présidente. C'est également en 2023 que Stanford présenta au cabinet de la Présidente Delaney ses découvertes et le mécanisme qui permit aux Etats-Unis de mettre en place, sans risque sanitaire, une reproduction clonique qui respectait les contraintes négociées en secret entre Washington et les représentants des principales religions, en particulier, l'Eglise catholique. Le pape Francis, qui avait significativement accru l'aura de Rome, était décédé en 2022. Il avait été remplacé dans les deux mois par une Italienne, première papesse de l'histoire sous le nom de Alessandra 1ère, avec qui furent négociées les modalités de la reproduction clonique.

En 2024 les premiers centres de reproduction clonique furent installés à travers tout le pays. La vice-Présidente se présenta en mai devant les médias pour déclarer que, en raison de la situation de crise extrême engendrée par la Calamité, les élections de novembre, en accord avec la Cour Suprême, étaient reportées indéfiniment. En juin le Canada, qui ne pouvait lutter seul contre la pandémie, demanda et obtint de rejoindre ce qui s'appelait encore les Etats-Unis. Adler Delaney annonça, par un communiqué, qu'elle s'en réjouissait mais que cette fusion nécessitait une révision constitutionnelle qu'elle proposerait avant la fin 2025 au suffrage des Américains.

En réalité Adler Delaney était gravement malade, connaissait des absences prolongées et ne recouvrait que très rarement une complète lucidité. Elle était l'objet de soins

145

extrêmement vigilants car son aura restait essentielle à Olivia Harrison pour accomplir son dessein.

Cette dernière ne rencontra en réalité presqu'aucune opposition pour la simple raison…qu'il n'y en avait plus. Plus de Congrès, une Cour Suprême qui ne savait plus quelle constitution faire respecter et une opinion publique qui parait au plus pressé.

Début 2025, ce qui restait des représentants du sexe masculin faisait peine à voir. Les hommes ne composaient plus que 20% de la population américaine. Beaucoup étaient encore atteints par les effets nocifs du Cal747. Ils avaient, par la force des choses, perdu leur rôle économique et leur place prépondérante dans les entreprises. Et surtout, humiliation suprême ils avaient perdu leur sacrosainte capacité à transmettre la vie. En clair ils étaient à genoux et avaient besoin d'aide.

Harrison ne voulait rien de moins que les achever. Elle ne fut pas loin d'y parvenir.

Dès le début de l'année, une destructrice propagande anti-homme submergea les Etats-Unis en provenance des médias et des institutions, plus que du gouvernement. Le prétexte fut l'histoire récente. Les réseaux de communication nationaux s'éternisèrent sur la question de savoir si les épreuves abominables des dernières années auraient pu voir le jour sans les hommes. Les propos sexistes et belliqueux de Feodor Andrioukhine passèrent en boucle comme savent si bien le faire les médias, comme une preuve impitoyable de la culpabilité masculine.

Les enquêtes sur le développement du Cal747 conclurent toutes, implacablement, à la criminelle responsabilité des hommes : du père du Cal747, Ethan Bollotin, au cynique conseil d'administration 100% masculin de la société du Missouri qui, par pure cupidité, l'avait lancé et promu en omettant de souligner de nombreux 'effets annexes', en passant par les membres masculins de la FDA qui avaient accordé le brevet et l'autorisation de commercialisation pour le moins négligemment.

Les historiennes produisirent des statistiques, aussi effrayantes qu'invérifiables, sur la terrible oppression que les hommes avaient fait subir aux femmes. Toujours vaguement fondées sur des réalités historiques (par exemple le fait que, au vingtième siècle, deux-cent millions de petites filles avaient été tuées par leurs parents, dans leur première année, soit quatre fois plus que toutes les victimes des guerres de ce même siècle, pourtant meurtrier), ces chiffres effarants, omniprésents dans les médias contribuèrent à montrer les hommes, non pas comme les victimes récentes d'une effroyable pandémie, mais comme des bourreaux implacables frappés par le courroux divin.

Les programmes scolaires se mirent à insister particulièrement sur l'origine masculine des guerres et cataclysmes de toutes sortes qui avaient agrémenté l'histoire de l'humanité. Ils commencèrent également, et sans grande difficulté, à exacerber tout ce que la littérature et l'art en général comptaient de partis-pris misogynes et sexistes. Cela créa aisément, à un âge où se forme l'esprit, un sentiment de caste supérieure chez les adolescentes qui firent rapidement montre de cruauté en appelant les garçons de leur âge, très minoritaires et traumatisés les « impuissants ».

En mars, se réunit le W10 à Camp David. Le W10 regroupaient les dix femmes les plus puissantes du monde, c'est-à-dire, à ce moment précis, les dix personnes les plus puissantes du monde. Sept chefs d'état et trois représentantes des instructions mondiales.

Selon la légende, c'est le moment que choisit Abu Ali Al-Mosuli, un des représentants de Satan sur terre, pour dire que cette réunion était pitoyable et qu'il mettrait bien ces dix femelles dans son Harem, bien qu'il y perdrait. Un sacré honneur venant d'un individu qui se déclarait, sans en apporter la moindre preuve, descendant du Prophète. Il ajouta, faisant écho aux propos tenus quelques années auparavant par Andrioukine, que cette réunion du W10 marquait le déclin définitif de l'Occident perverti.

Abu Ali Al-Mosuli était le calife d'un des pires groupes ayant peuplé la terre : ISIS ou the *Islamic State of Iraq and Syria*. Difficile de dire quelle ironie avait voulu que l'acronyme de cet effroyable organisation terroriste évoque le nom de le Déesse égyptienne patronne de la nature et de la magie, qui symbolisait la mère et la femme idéale !

D'aucuns considéraient qu'ISIS était un sous-produit de la guerre déclenchée en Irak par les Américains. Le bon sens suggérait plutôt que les guerres en Irak et en Syrie avaient libéré un monstre qui se serait échappé, inéluctablement, à un moment ou à un autre. Né des cendres de la région, le groupe, aussi appelé Daesh (acronyme d'ISIS en arabe) regroupait des ultra-extrémistes sunnites, d'obédience Wahhabi.

Leur but était extrêmement limpide : purifier la société musulmane avant de conquérir le monde et de tuer tous les infidèles qui ne se convertissaient pas. Un programme qui avait le mérite de la simplicité et qui aurait ramené le monde quinze siècles en arrière.

Lorsque le calife fit son commentaire sur le W10, il avait déjà initié la première partie de son programme et avait provoqué le massacre de milliers d'apostats : Chiites, Alaouites, Assyriens, Chaldéens. Il avait également assassiné de nombreux chrétiens de Syrie ou d'Arménie. La liste ne s'arrêtait malheureusement pas là.

Abu Ali Al-Mosuli était en outre parvenu à exporter l'horreur en dehors du Moyen-Orient en orchestrant des

149

attentats terriblement meurtriers en Europe, et particulièrement en France.

ISIS avait établi un califat autoproclamé c'est-à-dire un état islamiste qui revendiquait une autorité religieuse, militaire et politique sur le milliard de musulmans dans le monde.

Un totale utopie, bien sûr, puisque l'immense majorité des musulmans qui peuplait la planète considéraient ISIS comme un bande de dangereux fous furieux, une sorte d'horrible tumeur qui insultait leur religion. D'ailleurs l'ensemble de la communauté internationale, y compris les pays à majorité musulmane, cataloguait Daesh comme une simple mais terrible organisation terroriste.

Il demeurait que ce groupe contrôlait un large territoire en Syrie où régnait la charia la plus stricte et où le quotidien était fait d'atrocités insoutenables (assassinats, décapitations, mutilations...) que la propagande d'ISIS diffusait avec une délectation morbide via les nouveaux médias.

Si les hommes étaient traités de cette façon, on imaginait bien ce que les femmes, situées au plus bas de l'échelle sociale (les ânes et les chiens les surpassaient probablement dans la hiérarchie), pouvaient subir.

Cela allait bien au-delà de ce que les intégristes islamistes « traditionnels » réclamaient déjà à leur encontre.

Le viol, à titre d'exemple, était homologué comme arme de guerre pour motiver les combattants d'ISIS. De même que les mariages forcés, sous la couverture pervertie du Coran.

La mesure peut-être la plus symptomatique du comportement inhumain de ce groupuscule diabolique envers les femmes, avait été le rétablissement de l'esclavage : des femmes et des filles était ainsi vendues pour quelques dinars sur les marchés de Syrie et du nord de L'Irak

Même les athées les plus ancrés dans la conviction se mettaient face à de telles horreurs, à douter et commençaient à croire dans l'existence du diable !

Personne de sensé ne pouvait accorder aux cinglés de Daesh le statut d'humains. Encore moins celui de croyants, de musulman ou de porte-parole de l'Islam. De même il fallait être un esprit tordu pour inculper le genre masculin pour les méfaits de ces dangereux déséquilibrés !

Les médias américains relayèrent cependant ad nauseum les propos des leaders d'ISIS et n'hésitèrent pas à suggérer, sous l'aimable tutelle d'Olivia Harrison, que la cause des femmes serait toujours menacée par les hommes, tant qu'ils garderaient du pouvoir. Assimiler les hommes au Diable ne fut, dès lors, plus un tabou pour une partie des *pundits* américains, ce qui contribua à créer dans le petit un climat favorable à une constitution farouchement anti-hommes.

151

Abu Ali Al-Mosuli ne peut mettre sa menace à exécution car il succomba deux mois après sa sortie, dans d'atroces douleurs, d'un cancer généralisé.

Il priva de la sorte Adler d'un retentissante victoire car un drone américain était programmé pour le liquider le lendemain même.

Quelques jours plus tard cependant, un communiqué d'Adler Delaney indiqua que, afin d'exorciser pour toujours de tels propos et pour empêcher tout oubli de joug que les hommes avait fait peser sur les femmes, elle avait décidé de renommer son cabinet « le Harem ».

A la fin de 2025, la nouvelle constitution fut enfin proposée aux Américains puis fut soumise au referendum (en absence de congrès) en mars 2026. Les « oui » l'emportèrent à 62% si l'on en croit les résultats officiels qui ne purent jamais être corroborés par personne. Elle entra en vigueur le 1er mai 2026, avant même que la Cour Suprême ne l'ait avalisée, ce qui était prévu pour novembre.

En octobre 2026 le pays entama un deuil national d'un mois suite au décès de sa première Présidente. Olivia Harrison dans un discours fleuve fit un éloge émouvant de la défunte. Elle insista sur la vision et la conscience féminine hors pair qui l'avait, elle, incitée à rejoindre Adler dès 2016. Elle souligna également le rôle moteur que la Présidente avait joué dans la rédaction de la constitution.

Mais un coup de théâtre, aussi inattendu que déterminant pour le futur du pays, surgit du discours d'Ingrid Schumer qui venait d'être élue Régente de la Côte Est. En conclusion de son discours qui rappelait l'incroyable leader qu'avait été Adler, elle argua qu'il fallait, sur son cercueil, questionner le dernier tabou et proposer que ses héritières ADN règnent sur la Colombie Nord-Américaine. « Respectueuse de son héritage et de ses valeurs, elles garantiraient une stabilité indispensable au redressement du pays et seraient les garde-fous de toute tentative de retour aux erreurs du passé ».

Sa proposition fut applaudie debout pendant vingt minutes par tout ce que le pays comptait de responsables politiques. Les médias la reprirent en vantant ses mérites, en particulier les vertus d'un modèle hybride avec un gouvernement fédéral stable et cinq régions puissantes ou les électeurs dicteraient leur loi. Dans le mois suivant un article était ajouté à la constitution avant qu'elle ne soit définitivement avalisée par la Cour Suprême.

L'objectif de Schumer était double : couper l'herbe sous le pied d'Olivia Harrison qui était la Présidente de facto et s'apprêtait à mettre la main sur le pouvoir suprême pour de bon, et mettre en place des Présidentes fédérales de pacotille

153

incapables de rivaliser avec le pouvoir des Régentes, particulièrement celle de la plus puissante région de l'époque, la Côte Est. Si son premier objectif fut atteint de façon spectaculaire et presque instantanée, elle n'obtint pas vraiment l'effet recherché pour le second. D'abord les effets de la Calamité amenèrent la Côte Ouest à devenir, et de loin la première région du pays (représentant aujourd'hui 45 % du PNB Nord-américain). Ensuite, celle qui se dénomma bientôt SHE Harrison et ses successeurs aux affaires intérieures réussirent à installer un état fédéral assez puissant et beaucoup moins fantoche que prévu.

Olivia 'SHE' Harrison eut beaucoup de mal à digérer ce coup de maître aussi soudain qu'imparable. Un vrai « échec et mat » surgi de nulle part ! D'autant qu'il vint après six mois de frustrations liées aux concessions qu'elle avait dû faire dans la rédaction de la constitution. Certes son adoption avait été une victoire, mais une victoire au goût amer, car les contraintes imposées affaiblissaient, de son point de vue, le document, et laissaient trop de place à l'interprétation.

Elle, qui voulait enfoncer un piolet dans le cœur de l'homme-vampire pour l'achever une fois pour toutes, n'avait pu imposer une constitution extrême et ceci pour deux raisons.

D'abord, les autorités religieuses bien que très déstabilisées par la Calamité, comme tous les groupes humains organisés, avaient réussi à trouver des ressources étonnantes pour s'organiser, et avaient négocié des limites strictes pour accepter de soutenir la constitution, principalement sur le thème de la reproduction

1) Pas de condamnation définitive de la reproduction sexuelle même si la reproduction clonique serait majoritaire.

2) Reproduction clonique non manipulée (sexe de l'enfant, patrimoine génétique) c'est-à-dire laissée au hasard 'divin'.

3) Ovulation des femmes non remise en cause (un mouvement s'était fait jour, soutenu par des SHE comme SHE Harrison pour se débarrasser de cette 'contrainte' de toujours qui n'était plus nécessaire pour la reproduction clonique) et aucun obstacle ne sera mis au retour de la stérilité des hommes.

4) Aucune reproduction ne peut résulter d'autre chose que du croisement d'une femme et d'un homme.

5) Toute fécondation clonique entamée ne sera pas interrompue et donnera donc lieu à une « naissance »

6) La reproduction est surveillée par un Comité éthique indépendant du gouvernement et dirigé par un conseil d'administration où siègent les représentants des Eglises.

155

7) Les hommes sont des créatures de Dieu ou de la Déesse (les religions avaient accepté de reconnaitre que la formulation sexué du mot Dieu était un problème même si cela importait peu puisque, étant toutes choses, il ou elle était asexué(e)). Par conséquent la limite de leurs droits ne peut avoir pour but que d'empêcher leur accès au pouvoir pour éviter les erreurs du passé, rien de plus (elles avaient donc soutenu du bout des lèvres la privation de droit de vote et d'accès au poste gouvernementaux et s'étaient lâchement tues sur le tout le reste, car leur 'clientèle' était maintenant très majoritairement féminine).

Il était ironique que les grandes religions qui n'avaient jamais réussi à se mettre d'accord, sur rien, au cours des millénaires précédents, soient parvenues, dans un élan œcuménique, à s'entendre, en quelques mois, sur ces limites non négociables pour soutenir ce « monde nouveau ».

Ensuite les Delaney-Dixon ne l'avaient pas complètement laissée faire, en dépit des absences d'Adler. Tennille Dixon (SHE Delaney II) ne partageait pas les inclinaisons farouchement anti-hommes de la vice-Présidente. Certes elle reconnaissait leur responsabilité historique, mais il lui semblait que la Calamité avait été une punition assez sévère et qu'il n'était guère besoin de s'acharner sur eux à ce point. Elle n'avait cependant qu'un poids négligeable lorsque la constitution fut rédigée (Ingrid Schumer n'avait pas encore fait sa sortie), celui que lui donnait l'accès privilégié à sa mère.

Celle-ci, bien que gravement malade, avait des périodes de lucidité embrumée. En octobre 2025, à la requête de sa fille, elle convoqua les membres de son cabinet/Harem, qui combinaient depuis trois ans pouvoir exécutif et législatif, pour une session spéciale de revue de la nouvelle constitution.

Même si son état ne lui permit pas de couvrir tous les articles dans le détail, elle put clarifier de vive voix, directement, et devant témoins, les points sur lesquels elle ne souhaitait pas transiger. L'effet fut désastreux pour les projets de SHE Harrison qui espérait pouvoir bénéficier, sur ces thèmes, du silence de Présidente.

Cette session du cabinet joua un rôle majeur dans l'organisation de la société de l'Amérique du nord au cours du siècle qui suivit. Elle est connue dans les cours d'histoire comme « le testament ». Un peu à l'instar des paroles de Jésus Christ dans la chrétienté, elle sert de référence aux Adlériens de tout genre quand ils veulent illustrer les intentions de la première Présidente. Et comme pour Jésus Christ, de nombreux évangélistes et membres du clergé se sont sentis obligés d'interpréter, et souvent de pervertir, sa pensée.

Il faut néanmoins admettre que cette pensée avait perdu de sa fluidité et de son mordant. La Présidente était

157

physiquement atteinte et son esprit restait embrumé même pendant ces périodes de pseudo-lucidité. Elle mélangeait en particulier les dates et les événements et restait marquée à chaud, de manière obsessionnelle, par les « agressions » qu'elle avait dû subir de la part des hommes, la dernière en provenance d' Andrioukhine.

Toutes les membres du Harem de l'époque ont donné leur version de cette session, des échanges qui eurent lieu, et des conséquences sur la constitution et sur le sort des hommes. Retenons surtout des propos d'Adler les principes fondamentaux suivants :

1) Les femmes assument le pouvoir parce qu'elles sont plus compétentes et moins belliqueuses. C'est une question très pragmatique, incontestable et étayée par des millénaires d'histoire.

2) Les hommes ne sont pas humiliés pour le plaisir. La limite de leurs droits ne vise qu'à les empêcher d'accéder au pouvoir. L'objectif n'est pas la vengeance mais la dissuasion.

3) La reproduction clonique est recommandée et constitue, à date, la seule possible.

4) Les rapports sexuels sont du ressort des libertés individuelles et sont donc tolérés.

5) Le mariage intersexes n'est pas tabou mais il n'a plus de réalité juridique.

6) Une femme mariée à un homme ou ayant procréé reste une citoyenne à part entière avec droit de vote (SHE Harrison obtint de revenir sur cette disposition par son décret 3). Elle ne peut simplement pas être une représentante politique car elle est trop dépendante des hommes.

7) Les armes, extension primaire de la force brute dont ont toujours abusé les hommes, sont interdites à la vente libre.

8) Les états, qui par des législations qui se superposent avec les lois fédérales, entravent la mise en place du plan de redressement post-Calamité, sont regroupés en cinq régions incluant le Canada.

9) Cette constitution est une constitution de combat et de crise. Elle devra être revue quand un semblant de normalité reviendra.

10) L'ensemble des principes retenus dans la Constitution seront mis en œuvre humainement. Nous n'utiliserons pas sur les hommes les méthodes dont ils ont abusé vis-à-vis de nous.

La proposition inattendue de Schumer et les nombreuses contraintes dans la rédaction de la constitution empêchèrent donc Olivia Harrison de s'arroger un pouvoir absolu et de rayer

159

les hommes du genre humain. En tant que vice-Présidente elle réussit néanmoins à influencer la rédaction de la constitution toujours avec un angle défavorable aux hommes.

L'analyse de la constitution de 2026 n'est pas l'objet de ce récit et reviendrait plutôt aux historiens et aux juristes constitutionnels. Mais il semble intéressant de noter dans le document final les oublis ou dérapages par rapport aux points du Testament. Ainsi il ne fut pas mentionné le caractère temporaire de cette constitution. Les tolérances sur le mariage et les rapports sexuels, auxquelles était favorable Adler Delaney, ne furent pas mentionnées explicitement. De même l'article 3 de la constitution disait que « la seule reproduction légale (et non recommandée) était la reproduction clonique ». La constitution fut donc 'trafiquée' autant que possible par SHE Harrison mais fut adoptée comme si elle traduisait la volonté d'une Présidente vénérée.

Rappelons ici pour la forme les deux premiers articles (synthétisés) de la constitution de 2026, bien que tout le monde les connaissent. Le premier qui sert d'excuse à une nouvelle constitution et le deuxième qui formule la supériorité des femmes :

Article 1 : La Colombie Nord-Américaine est issue de la fusion amicale et auto consentie du Canada et des Etats-Unis d'Amérique. La capitale de ce nouvel état est la ville de

Washington. Toutes les citoyennes sur le territoire de la CNA bénéficieront des mêmes droits et auront les mêmes devoirs.

Article 2 : Les citoyennes de la CNA prennent en charge leur destin et leur reproduction. Par conséquent seules les femmes en possession de tous leurs droits civiques pourront occuper des postes de fonctionnaire ou de mandataire social. Seules ces femmes pourront affronter le suffrage des citoyennes pour exercer un mandat de représentation.

SHE Harrison ne réussit donc que marginalement à influencer l'écriture de la constitution. En revanche elle ne se priva pas, en tant que premier secrétaire d'état aux affaires intérieures post-constitution, et sous la présidence d'une SHE Delaney II complètement dépassée, d'abuser de l'autorité et du 'loisir' dont elle jouissait pour durcir l'application de cette constitution.

Par des décrets iniques d'abord, qu'elle fit passer dans la confusion qui suivit la Calamité et le décès d'Adler. Durcir, toujours au détriment des hommes bien sûr. Ils furent légion mais nous en retiendrons trois particulièrement importants :

- *Toute femme qui donnera naissance suite à une grossesse perdra ses droits civiques*. L'objectif de ce décret était de réduire la dépendance aux hommes mais aussi

161

d'affaiblir les anciennes religions. Il resta longtemps inutile car l'immense majorité des hommes n'étaient de toute façon, pas en situation de procréer avant 2060. Mais il était devenu un point d'achoppement majeur à un moment ou les hommes n'étaient plus stériles.

-*Seules les femmes pourront connaitre leur progéniture si et seulement si elle est de sexe féminin. Si une femme a une fille du premier coup, elle peut demander une seule autre reproduction. Tant qu'une femme n'a pas de fille, elle peut continuer les tentatives de reproduction clonique.*

Ce décret eut plusieurs conséquences. Il fallut organiser le tutorat des hommes puisque ce n'était plus les femmes qui s'en occupaient. SHE Harrison organisa à travers le pays des pensionnats qui s'occupèrent des hommes jusqu'à dix-huit ans, date qui marquait leur liberté de travailler. Ce fut aisé dans un premier temps car les garçons étaient rares. Mais paradoxalement leur nombre explosa rapidement en raison de la règle qui autorisait les femmes à poursuivre la reproduction clonique jusqu'à l'obtention d'une fille. Le pourcentage de naissances masculines fut d'environ 75% pendant plusieurs années. En 2070, à titre d'exemple, la population de la CNA n'était plus qu'à 70% féminine et il y avait quinze ans de différence entre les âges moyens des deux sexes.

*En raison de la prévalence de la monoparentalité, l'organisation de l'Etat civile est revue selon les modalités suivantes (*suivaient toutes les modalités détaillées).

Pour résumer simplement ces principes alambiqués :

- La construction du nom des femmes nées à partir de la reproduction clonique était composé de SHE + prénom et nom. SHE remplaçait Madame et Mademoiselle, appellations sexistes utilisées par les hommes.

- Les descendantes directes des Mères Fondatrices de 2025 pouvaient se faire appeler : SHE nom de la mère – Degré de descendance, sans leur prénom. Par exemple, Christelle, officiellement était SHE MacDonald IV. L'immense majorité des femmes n'avait qu'une fille. Dans les rares cas où les descendantes directes avaient une deuxième, ces dernières ajoutaient un 2 avant le nom de leur mère (SHE 2 Harrison IV en était un exemple). L'absence du prénom souligner l'importance de cette caste, un peu comme la particule pour l'ancienne noblesse.

- Les descendantes indirectes construisaient leur nom SHE-Prénom-Nom de la mère-degré de descendance (la cousine de Christelle s'appelait SHE Jane MacDonald V)

163

- Toutes les autres femmes issues de la reproduction clonique bénéficiaient de la règle générale à savoir SHE+ prénom et nom.
- Les hommes, primates ou non, s'appelaient par leur prénom et un numéro correspondant au nombre de fois que ce prénom avait été donné (le Président de Man-Up ! par exemple, une association pro-hommes, s'appelait Christian 3776). Ils pouvaient accoler un nom mais celui-ci n'avait pas de valeur légale.

Cette structure d'état civil avait bien sûr pour but d'humilier les hommes (certaines des SHE se mit d'ailleurs à les qualifier péjorativement de mâles à cette époque). Elle créa aussi une espèce de caste supérieure des descendantes des Mères Fondatrices, en l'occurrence exclusivement en Colombie Nord-Américaine puisque le reste du monde adopta un état civil différent. Souvent, en CNA des femmes omettaient de donner leur prénom pour suggérer qu'elles étaient héritières de la génération qui avait forgé la constitution.

Au-delà des décrets, Harrison rendit le plus stricte possible les conditions de vie des hommes. C'est elle qui instaura les mouchards, et qui força les meilleures universités à devenir unisexe. Elle, également, qui s'assura de la mondialisation des restrictions affectant les hommes, en conditionnant la distribution de la technologie clonique à leur strict respect. Mais c'est surtout elle qui interdit aux pères génétiques de connaitre leur descendance.

En dix ans SHE Harrison sculpta un monde, non seulement dirigé par les femmes, mais où les hommes devinrent une caste inférieure, humiliée et coupée de tous liens familiaux ascendants, descendants ou bien sûr intersexes. En 2043, quand SHE Delaney II abdiqua en faveur de sa fille, dépassée qu'elle était par la tournure des événements, SHE Harrison ne put s'empêcher de sourire : une fillette de vingt-huit ans Présidente, les quelques pouvoirs qui lui manquaient n'allaient pas tarder à lui revenir.

Deux mois après elle quittait le Harem sans autre forme de procès.

I wish they all could be
Californian girls

The Beach Boys

Chapitre 9-Stanford

Deux-mille-sept-cent-trente-sept mètres à pieds, à deux-cent-trente mètres au-dessus de la mer, cela devait paraitre interminable pour quelqu'un qui est sujet au vertige. Pourtant Christelle aurait tout donné pour que le Golden Gate Bridge soit beaucoup plus long. Elle marchait la tête sur l'épaule d'Atsa qui, en tant que scientifique, n'avait pas voulu rater ce chef-d'œuvre.

Le Speedocab, qui les avait déposés à l'entrée du pont, les attendait de l'autre côté pour les emmener à Sausalito où ils avaient prévu de diner. Elle haïssait ce taxi qui grossissait au fur et à mesure qu'ils traversaient l'embouchure de la baie de San

Francisco et qui allait abréger ce moment magique, qu'elle aurait voulu voir durer pour toujours.

— Tu sais que beaucoup d'indiens ont travaillé sur la construction de ce pont, car nous n'avons pas le vertige, dit-il. Seules certaines squaws nous donnent le vertige ajouta-il en souriant.

Elle se lova encore plus sur son épaule, flattée. Elle s'était donnée à lui quelques jours après le diner à l'appartement, bizarrement en… deux fois !

La première fois, le samedi, elle l'avait de nouveau accompagné à Monument Valley. Il était engagé en tant que guide jusqu'à 15h, et elle l'avait attendu sur la terrasse de The View, qui faisait face aux Mitten Buttes. Vers 16h ils étaient repartis tous les deux avec les mêmes 'SHE *horses*' que la semaine d'avant, mais cette fois par des chemins détournés, inconnus des touristes.

Atsa lui avait montré comment reconnaitre les traces d'à peu près tous les animaux et puis, pour le coucher du soleil, il l'avait emmenée sur un point surélevé qui permettait de jouir d'une magnifique vue d'ensemble sur la Valley.

Elle était venue se coller contre lui, tremblante et maladroite et n'avait plus bougé de là, jusqu'à ce que l'embrasement du ciel, disparaissant derrière les buttes, cède

167

sa place à un début d'obscurité. Elle avait cru que son cœur, qui battait la chamade, allait éclater. Son audace la sidérait, elle ne se serait jamais crue capable d'aller se coller contre un homme qui, en outre, ne faisait pas particulièrement d'efforts. En revanche elle ne savait plus quoi faire maintenant, car il était vraiment resté très sobre, bien que caressant doucement et tendrement ses cheveux d'or.

Christelle avait été moins bavarde que la dernière fois (ce qui n'était pas difficile) et le trajet de retour sur Farmington avait donc été plutôt silencieux. C'est même Atsa qui avait brisé le silence en lui demandant, poète :

— Tu préfères diner dans un Motel sordide sur la route ou manger un plat de pâtes chez moi ?

— Si tu cuisines italien comme français, je vote pour les pâtes avait-t-elle répondu en se détendant un peu et avec des arrières pensées. Ceci étant dit je n'ai pas très faim.

— Ne pas diner n'est tout simplement pas une option acceptable. Je n'ai jamais gagné d'étoiles pour mes pâtes, mais je n'ai a priori jamais empoisonné personne non plus.

L'obscurité était tombée et il ne la distinguait pas très bien. Il était pourtant assez admiratif de ce petit bout de femme, une SHE probablement de la haute, qui avait eu le courage de venir se coller contre un navajo qu'elle ne connaissait que depuis une

168

semaine, alors qu'elle était probablement lucide sur les conséquences que cela pouvait avoir pour elle.

En outre, il ne savait pas si Nascha était passée par là ou si elle n'avait pas eu à le faire, mais le jean que Christelle portait et le corsage qui laissait apparaitre un collier navajo offert par sa colocataire, lui paraissaient beaucoup plus moulants que la semaine dernière. En toute honnêteté, il ne s'en plaignait pas. Elle ressemblait enfin à une femme. Très belle en l'occurrence.

— Ça va ? lui demanda-t-il décidemment plus disert que la semaine précédente et en couvrant la petite main de sa voisine avec la sienne.

— Je n'ai jamais été aussi bien répondit-elle calmement sans que cette réponse ne semble ni dramatique ni grandiloquente, peut-être parce qu'elle avait été prononcée dans une Silverado préhistorique qui roulait toutes fenêtres ouvertes sur une route pour le moins cahoteuse.

Elle avait regardé la main d'Atsa, d'autant plus mate qu'elle était brunie par le soleil. Quelle sérénité, quelle puissance passait par cette main posée sur la sienne. Elle avait l'impression que des ondes passaient au travers d'elle et la comblaient d'excitation. Pensant à sa mère elle avait compris de nouveau pourquoi celle-ci disait que les femmes pouvaient perdre leur libre-arbitre à cause des hommes et tolérer beaucoup

169

trop de chose de leur part. Mais qu'est-ce qu'elle s'en foutait de son libre-arbitre ! Ce qu'elle voulait, c'était la main d'Atsa sur la sienne !

Ils avaient rejoint l'appartement vers 21h et Atsa avait mis ses menaces à exécution en faisant bouillir l'eau pour les pâtes. Il avait débouché une bouteille de vin et les avait servis. Elle avait bu la moitié de son verre presque d'un seul coup et s'était sentie un peu mieux.

— Je savais bien que les femmes des visages pâles étaient alcooliques, avait-il dit en souriant.

— Je ne le suis pas encore mais ça ne saurait tarder si tu me laisse trépigner comme ça sans t'occuper de moi.

— Par contre, je savais qu'elles étaient exigeantes, avait-il ajouté en la prenant par la taille et en l'attirant vers lui.

Il s'était assis à demi sur un de ses tabourets de bar, pour qu'elle soit à peu près à sa hauteur. Il avait passé sa main dans ses cheveux dorés et l'avait attiré encore plus vers lui. Le cœur de Christelle s'était mis de nouveau à battre à tout-va. Elle n'avait aucune expérience en la matière, telle une adolescente du siècle précédent, et avait donc décidé que mieux valait se laisser faire. Elle avait fermé les yeux alors qu'il l'embrassait et avait senti une vague de chaleur envahir tout son corps. Elle n'avait jamais embrassé d'homme mais savait néanmoins comment s'y prendre car, à la High

School, entre filles, elles s'entrainaient en singeant les films du vingtième siècle.

Le goût n'était pas le même cependant, et Christelle avait été rapidement submergée par ce que tous ses sens captaient. Le goût de la bouche d'Atsa, son odeur, qu'elle recherchait maintenant, le contact ferme de sa main dans ses cheveux et de sa cuisse entres les siennes et les compliments qu'il lui faisait sur la douceur de sa peau.

Elle avait rouvert les yeux pour se trouver face à un regard ténébreux d'une profondeur insondable dans lequel elle s'était perdu. Il avait essayé de se dégager mais elle ne l'avait pas laissé faire. Atsa n'avait pu retenir un sourire car elle était, de façon évidente, une novice en la matière. Il l'avait retournée, avait dégagé son cou qu'il s'était mis à embrasser tout en plaçant fermement sa main gauche entre les cuisses d'une Christelle gémissante qui avait cru s'évanouir. Il avait repris sa bouche et placé sa main droite sur ces seins qui l'avaient nargué et excité tout le trajet de retour, même s'il n'avait rien laissé paraitre. Cristelle avait gémi de nouveau et la casserole d'eau chaude lui avait fait un écho involontaire et un peu surprenant provoqué par l'eau qui bouillait. Atsa avait accueilli la diversion avec soulagement.

— Il faut que je mette les pâtes, avait-il dit, calmement.

171

— Je n'ai pas faim.

— Toi peut-être pas, mais moi si, avait-il répliqué à sa grande surprise.

Comment pouvait-il être si calme s'était-elle demandée ? Il devait être blasé en la matière et ne voyait surement en Christelle qu'une petite blonde pimbêche à mettre dans son lit.

Il avait mis les farfalle dans l'eau salée et resservi à Christelle un peu de vin, car elle avait déjà descendu son verre. Elle essayait de remettre un tant soit peu ses cheveux en ordre pour gagner du temps et tenter de comprendre ce qui se passait. Elle n'avait aucune envie de pâtes non de Déesse, elle avait envie de lui !

Il était allé remuer les farfalle et avait attrapé une bouteille d'huile d'olive et deux tomates qu'il avait coupées en petit morceaux. Christelle l'avait regardé, la tête entre les mains et les coudes appuyés au bar. Difficile de dire si elle était, boudeuse, songeuse ou captivée par la vitesse à laquelle Atsa coupait les tomates fraiches sur sa planche. Il avait sorti puis égoutté ses farfalle, qu'il avait transférées dans un plat en terre navajo. Il avait versé une cuillerée d'huile d'olive, nappé le tout de tomate fraiche et s'était dirigé vers la table. En passant derrière elle, toujours appuyée sur ses coudes il lui avait glissé :

— Si tu te demandes si j'ai envie de toi, ne te le demande plus. Je meurs d'envie de toi. Aide-moi à mettre le couvert.

Il s'était dirigé vers la table et avait déposé son plat fumant pendant que Christelle comblée de bonheur mais complètement désorientée se dirigeait vers la cuisine pour prendre couverts et assiettes. Atsa avait attrapé leurs deux verres, du sel et du poivre.

— Mais...avait-elle essayé après s'être assise en face de lui

— Je ne te parle pas si tu ne manges pas, avait-il menacé en lui servant deux cuillerées de farfalle à la tomate fraiche agrémentées d'un peu de basilic sorti d'on ne sait où (Farmington était en réalité extrêmement bien fournie pour satisfaire les besoins de l'université).

Elle s'était donc forcée à manger un petit peu. C'était simple mais délicieux. « Pourquoi les pates étaient-elles toujours trop cuites à Washington ? » s'était-elle interrogée, pour se demander aussitôt comment elle pouvait se poser une telle question qui n'avait aucune importance à un moment pareil. Elle ne savait plus où elle en était. Il avait posé de nouveau sa main sur la sienne et lui avait souri. Quand il souriait, c'était comme quand les feuilles redonnaient la vie aux arbres au printemps : tout semblait possible.

— Je ne joue pas avec toi tu sais. Crois-moi, c'est au moins aussi difficile pour moi que pour toi d'en rester là pour ce soir.

— Mais...

173

— Je suis parti de lundi à vendredi. Il faut que tu me fasses une grande faveur. Il faut que tu réfléchisses et décides si tu veux que l'on se revoie après vendredi. Ne prends pas ça à la légère. Tu es une SHE et à mon avis une SHE sans prénom. Aller plus loin, même avec un Navajo irrésistible comme moi, c'est un choix qui a de sérieuses conséquences pour toi.

— Je sais ce que je veux, avait-elle tenté, fermée comme une huitre et en retenant ses larmes.

— Je n'en doute pas lui avait-il murmuré en serrant sa main un peu plus fort mais veux-tu bien me faire cette faveur. Le faire pour moi, avait-il conclu, en souriant de nouveau.

Elle avait fini par acquiescer de la tête en esquissant un faible sourire et avait accepté de se faire raccompagner.

A deux heures du matin ce même soir elle avait sonné de nouveau à sa porte. Il lui avait ouvert en jeans, torse nu.

— J'apprécie le délai de réflexion que tu m'as accordé. J'ai réfléchi longuement et j'assume toutes les conséquences.

Elle s'était mise sur la pointe des pieds avait passé sa main derrière la tête d'Atsa et l'avait embrassé en le poussant vers l'intérieur.

Le lendemain matin à 10h30 les Google glass d'Atsa s'étaient mises à vibrer. Les enfilant il avait vu Nascha mi-préoccupée, mi-curieuse :

— Tu ne sais pas où se trouve Christelle par hasard mon aigle, elle n'est pas à la chambre.

— Je t'en prie, viens la chercher ma chouette, elle m'empêche de travailler et, se tournant lentement il avait dévoilé à Nascha une Christelle, vêtue simplement d'une des chemises de cow-boy qu'elle lui avait empruntée, qui après avoir rougi, avait fait un petit signe de la main à sa complice.

— J'arrive, ignoble pervers ! avait conclu l'indienne quand même un peu surprise.

Toutes les bonnes choses ayant une fin, ils avaient malheureusement fini par rejoindre le Speedocab et se dirigèrent donc vers Sausalito toute proche. Christelle se lova en boule contre Atsa pour se réchauffer. Même en ce mois de mai, il faisait frais à San Francisco (comme toujours d'ailleurs) et cette promenade suspendue, quelque agréable qu'elle ait été, l'avait frigorifiée.

Atsa n'avait pas prononcé un mot depuis dix minutes. Il était préoccupé, elle le sentait. De même qu'on ne voyait pas Bidziil rougir grâce à sa peau mate, on ne captait pas de signes

175

extérieurs de tension chez Atsa qui était toujours ténébreux voire taciturne. Mais elle le sentait se dit-elle avec une fierté, un peu gâchée par la crainte, car elle le connaissait mieux maintenant.

Sous son air distant, c'était une cocotte-minute de scientifique exigeant avec lui-même et qui s'engageait à fond. Quelque chose de sérieux n'allait pas et Dieu ou Déesse merci, cela n'avait rien à voir avec elle, car il lui caressait tendrement les cheveux, l'embrassait beaucoup et lui souriait, trop souvent d'ailleurs, pour que tout aille bien.

Il était sorti un peu en avance, pour la première fois depuis leur arrivée, pour qu'ils puissent passer ensemble cette soirée à Sausalito, où le taxi venait de les déposer.

— J'ai réservé dans un 'fusion' très branché, dit-elle.

— Tu as bien fait même si je ne sais pas comment vous trouvez encore des cuisines à fusionner, dit-il en plaçant une main intrépide sur les fesses consentantes de Christelle.

— Si tu viens t'installer à Stanford pour finir ta thèse, j'ouvrirais ici un restaurant fusion Navajo-Italien.

— Bon courage, dit-il en rigolant et en lui ouvrant la porte du restaurant, je ne suis pas sûr que la Bruschetta de ragoût de mouton se vende longtemps, même à San Francisco. Enfin, c'est toi qui a obtenu un MBA à Harvard !

176

Elle regretta d'avoir fait allusion à sa thèse car son regard s'était de nouveau assombri, derrière une jovialité de façade. Ils furent accueillis par un jeune homme avec des cheveux roses qui manqua de s'évanouir en voyant Atsa et qui le disséqua des pieds à la tête, sans aucune forme de pudeur.

— Réservation pour deux au nom de Christelle interrompit-elle.

— Bien sûr, suivez-moi, répondit le maître d'hôtel sans accorder le moindre regard à cette pimbêche insipide, mais en gardant les yeux fixés sur le dieu sauvage qui était apparu devant lui.

Ils avaient une table proche de l'eau, bien qu'en intérieur, ce qui permit à Christelle de se réchauffer. Convaincue qu'il fallait qu'elle continue à faire diversion, elle interrogea en désignant le maître d'hôtel :

— Y-a-t-il quelque chose que je dois savoir ?

— Oui, j'ai beaucoup de succès avec les homosexuels, dit-il calmement. Il faudra en tenir compte la prochaine fois que tu m'attires dans un guet-apens !

— Ce n'est pas un guet-apens, nous sommes à San Francisco !

— Si. Je suis sûr que c'est encore un de ces fantasmes féminins complètement tordus, si tu me passes le

177

pléonasme. Il faudra que je te fasse rencontrer une de mes amies, à Stanford, qui fait une thèse sur les fantasmes féminins post-Calamité. Elle pense prendre sa retraite avant d'avoir fini de l'écrire !

— Espace de sauvage sexiste, les seuls fantasmes que j'ai, tu vas les assouvir dès qu'on sera de retour à l'appartement et peut-être même avant, dit-elle coquine.

— Je suis toujours disponible pour une bonne cause, dit-il en l'embrassant ce qui, même à Sausalito, surprit un peu les voisins de table deux femmes visiblement en couple.

Le maître d'hôtel revint personnellement énoncer les plats du jour à Atsa (Christelle se vit néanmoins accorder le droit d'écouter). Ils choisirent des plats aux noms improbables sans avoir la moindre idée de ce qu'ils obtiendraient au final. Le maître d'hôtel finit par partir, à regret.

— Quel est l'attitude des Navajos face à l'homosexualité ? demanda-t-elle.

— Le désarroi franchement. Et c'est paradoxal, car nous avons été avant-gardistes pour reconnaitre que tout ne se résumait pas à un découpage homme-femme. Les Navajos ont toujours pensé, en réalité, qu'il existait quatre sexes : les femmes, les hommes, les femmes à penchants masculins, les hommes à penchants féminins.

— Ouah, effectivement c'est courageux et plutôt rare comme reconnaissance.

— Le problème est que cette reconnaissance ne s'est pas traduite dans le quotidien. Les navajos sont très mal à l'aise avec l'homosexualité masculine affichée. Comme toujours l'homosexualité féminine est plus discrète et en quelque sorte associée à la complicité entre femmes. Mais l'homosexualité masculine a toujours rendu les guerriers nerveux. Aujourd'hui, les homosexuels sont probablement la seule population qui quitte la Nation pour s'intégrer dans la société de la CNA. Rien ne les empêche de rester, mais le poids du regard des autres Navajos doit être trop dur à supporter.

— Et il faut reconnaitre qu'ils ont clairement bénéficié de la constitution de 2026 et des libéralités de l'Etat fédéral.

— C'est vrai les droits des homosexuels et l'arrêt de la prolifération des armes sont probablement les deux seules choses qui peuvent vraiment être mises au crédit de votre « nouvelle société ». Mais cela n'efface pas la colonne débit qui est très, très chargée conclut-il en repartant dans ses pensées.

Effectivement, les homosexuels avaient bien tiré leur épingle du jeu dans la société post-Calamité et sans même avoir intrigué dans ce sens. Les femmes pouvaient vivre ensemble ouvertement et se marier partout dans la CNA, même si ce

179

mariage n'avait plus de réalité légale. Surtout, la reproduction clonique avait rendu la question de l'adoption obsolète et des foyers entièrement féminins existaient avec trois voire quatre filles à charge. Les hommes homosexuels, eux aussi, avaient bénéficié des libéralités des SHE.

A partir de dix-huit ans ils pouvaient vivre en couple et se marier. L'accès aux postes supérieurs de l'état ne leur était pas ouvert mais ils trouvaient très facilement des bons emplois chez les SHE. Dans toutes les fonctions pour lesquelles un homme était souhaitable mais où un hétérosexuel rendait ces dames nerveuses.

Depuis une vingtaine d'années, ils pouvaient également faire une demande d'adoption pour des garçons de moins de dix-huit ans qui ne cachaient pas leurs tendances homosexuelles. Et heureusement, car l'homosexualité, qui avait toujours été taboue dans les sociétés d'hommes, était devenue, dans les pensionnats de la CNA, l'ennemie numéro 1.

Ces pensionnats, comme les prisons avait leurs propres règles. La première de ces règles était que les SHE symbolisaient la cible absolue et que la « Reconquista » viendrait un jour. Les homosexuels, au-delà du traditionnel malaise qu'ils suscitaient chez leurs congénères, ajoutaient une dimension de potentiels traitres à la cause, jugée proprement intolérable. Leur vie dans les pensionnats de garçons devenait donc vite intenable et les suicides étaient fort nombreux. C'est ce qui avait amené SHE MacDonald IV, dans un de ses tous premiers décrets, à autoriser leur adoption prématurée par les couples gay.

Les plats arrivèrent. Indescriptibles. Ils mélangeaient des goûts surprenants de façon plus prétentieuse que vraiment talentueuse, mais Atsa et Christelle s'en fichaient. Ils dégustaient le Merlot, de la Napa Valley toute proche, qu'Atsa avait choisi, et profitaient du moment. Elle avait posé sa minuscule petite main toute blanche sur sa grande paluche bronzée.

Après leur première nuit à Farmington, Christelle avait souvent délaissé la chambre de Nascha mais elle avait, en revanche, comblé à vitesse grand V le retard qu'elle avait sur l'indienne, en matière de relations sexuelles.

Le vendredi avant son départ, Atsa lui avait demandé :

— Tu n'aurais pas envie de prendre l'air du Pacifique pendant quelques semaines ?

Elle s'était mise à pleurer bêtement, laissant un Atsa penaud se demandant l'erreur qu'il avait commise.

— Qu'est-ce que j'ai dit ?

— Rien. J'ai très envie de venir prendre l'air du Pacifique avec toi avait-elle réussi à répondre en pleurnichant.

181

L'aigle ténébreux s'était dit en haussant les épaules qu'il avait plus de chances de trouver une solution aux carences génétiques des Navajo que de comprendre le psychisme des femmes.

Christelle leur avait trouvé une petite maison sur Pacific Heights où ils s'étaient installés confortablement. Elle suivait à distance les cours de civilisation et de langue navajo auxquels elle s'était inscrite, et préparait la rentrée du guerrier en alternant cuisine, traiteur et petits restaurants.

Ledit guerrier faisait preuve d'une humeur constante et surtout d'une santé de fer, car il devait partir tôt presque tous les jours, pour de longues journées de travail, à Stanford, à 50 miles de là. Il devait également faire face, pendant ses courtes nuits, aux assauts répétés de Christelle, à qui on avait visiblement oublié d'expliquer que les hommes étaient moins résistants que les femmes dans l'exercice des parties de jambes en l'air.

Atsa travaillait à Stanford dans l'unité de la doctoresse SHE Kate Sullivan V. Elle était la petite nièce de l'un des médecins qui avaient « craqué » la reproduction génétique et se faisait, elle-aussi, une spécialité de la biogénétique. Elle travaillait sur l'amélioration du processus (qui connaissait un pourcentage non négligeable d'échecs) et des résultats, car la reproduction clonique présentait plusieurs complications sanitaires importantes et non observables dans la reproduction sexuelle.

Inutile de souligner ici, que ces 'ratés' et ces complications étaient classés « secret défense ».

Christelle l'avait tout de suite trouvé très antipathique quand ils avaient diné tous les trois un soir, peu de temps après leur installation. En plus d'être d'une intelligence rare et une des deux ou trois sommités mondiales dans son domaine, c'était une superbe rousse pas du tout honteuse de sa féminité et de ses formes. Elle n'avait pas arrêté de toucher Atsa en s'accrochant à son bras et de rire bêtement à toutes ses plaisanteries idiotes. Il avait fallu que son chercheur navajo lui prenne la main calmement en la regardant intensément pour que SHE MacDonald V comprenne combien elle était ridicule, et qu'elle se détende.

— Tu as une fille ? avait-elle demandé à Kate.

— Pas encore avait-elle répondu calmement. Mais je compte bien avoir des enfants ajouta-t-elle de manière étonnamment ambigüe.

Christelle n'avait pas insisté bien que l'envie ne lui manquât pas.

— Christelle, veux-tu accompagner Atsa un jour à Stanford ? Je ne peux pas te faire visiter la partie classée défense. En revanche, je serai ravie de te faire découvrir le reste du laboratoire.

183

— Avec plaisir avait-elle répondu souriante après un moment de réflexion. J'ai un break le 25 mai (c'était la veille de leur départ). Ça pourrait t'aller ?

— Ça ira, et je suis sûre que ça t'intéressera avait-t-elle conclu gentiment.

Les rares jours où il n'était pas à Stanford, Atsa était à Berkeley, de l'autre côté de la baie, dans le service du professeur Tchang, un homme, fait rare à ce niveau. Tchang avait passé le plus clair de son temps à l'université de Shanghai et la CNA avait favorisé son exfiltration compte tenu de l'intérêt de ses travaux.

Il était un expert mondial, ou plutôt l'expert mondial, des maladies génétiques auxquelles les populations asiatiques étaient plus exposées que les noirs ou les Indo-Européens. Son domaine était donc particulièrement intéressant pour Atsa qui retrouvait des caractéristiques communes avec ses observations dans les populations navajos.

Atsa s'était par conséquent forgé une conviction indéboulonnable que c'était en passant plus de temps entre Oakland et Palo Alto qu'il réussirait à faire avancer les problèmes qui le turlupinaient et, accessoirement, à finir sa thèse.

Ils quittèrent Sausalito vers 22h, au grand désespoir du maître d'hôtel, et rejoignirent la maison de Pacific Heights peu après. Christelle s'éclipsa pour prendre une douche pendant qu'Atsa leur servait un dernier verre. Il se plongea de nouveau dans ses pensées en regardant, au loin, un petit bout du Golden Gate Bridge qu'on distinguait, majestueux, par la fenêtre du salon. Sa vigilance de Navajo fut mise à mal par l'arrivée discrète de Christelle, qui passa ses bras avec difficulté autour de lui.

Elle descendit sa main lentement jusqu'à l'entrejambe d'Atsa qu'elle commença à masser. Elle n'était vêtue que d'une seule serviette nouée, dont le nœud ne tenait que par l'opération du Saint Esprit, en l'occurrence plutôt filou, et qui ne résista pas quand Atsa l'attira pour être face à lui. Il l'embrassa mais elle n'arrêta pas pour autant son massage qui avait tout de suite atteint son objectif, et se mit à genoux.

Nascha, qui assumait complètement le plaisir qu'elle avait à faire l'amour, et qui prenait son rôle d'éducatrice très au sérieux, avait expliqué à son amie que tous les hommes aimaient ça. Elle avait également argumenté que, contrairement à ce que disaient les SHE qui voyaient dans cette caresse buccale une des pires humiliations à l'encontre des femmes, il s'agissait surtout d'un contre-pied amusant et efficace qui permettait aux femmes de prendre le contrôle du plaisir des hommes.

185

— Et puis au final, moi, je trouve ça assez agréable tu sais, avait dit Nascha.

Christelle partageait ce point de vue et elle appréciait particulièrement que son aigle ténébreux, d'ordinaire impassible, ne réussisse pas à se contrôler quand elle le prenait dans sa bouche, comme elle venait de le faire.

Atsa se devait effectivement d'admettre que, l'accueil de la bouche de Christelle, l'activité de mains chaque jours plus conscientes de ce qu'il aimait et plus expertes, combinés à la vue d'une superbe chevelure blonde entre ses cuisses et d'un cul d'un autre monde qui bougeait dans un rythme envoutant sur un fond de Golden Gate Bridge, avaient raison de son calme.

Il souleva sa 'squaw' comme une plume et l'installa sur lui. Il la pénétra lentement tout en prenant alternativement ses seins, qui lui faisaient face, dans sa bouche. Christelle gémit de jouissance immédiatement. Fini le contrôle. Elle ne contrôlait absolument plus rien maintenant, contrairement à Atsa et ceci bien qu'il expirât bruyamment et essayât de recouvrer un certain calme. Il profita d'elle en ralentissant les mouvements qui la faisaient immanquablement râler de plaisir. Il marqua une pause et la retourna sur lui. La vue de ses jolies fesses entre lesquelles il était installé, annihila ses tentatives pour se calmer. Il dégagea ses cheveux blonds et embrassa l'arrière de son cou pendant qu'il reprenait ses coups de reins. Il plaça sa main gauche entre les cuisses de Christelle, la caressant tout en continuant d'aller et venir. Elle jouit de nouveau dans les secondes qui suivirent et Atsa, jugeant qu'il s'était imposé assez de retenue, se laissa aller en elle avec un râle caractéristique qui la comblait d'aise à chaque fois, et en appuyant sa tête contre son épaule.

Le 25 mai, comme prévu, Christelle accompagna Atsa à Stanford. Elle y était souvent venue pendant ses études car la plupart de ses amies qui n'étudiait pas à Harvard avaient choisi l'université californienne.

Atsa était loin d'avoir bouclé tout ce qu'il devait accomplir pendant ce voyage, mais il devait rentrer à NNU pour une réunion avec des chercheurs de l'Institut Pasteur. Et puis Monument Valley lui manquait, et il avait décidé une fois pour toute que le temps n'était pas le facteur important. Trouver une solution crédible aux maux génétiques des Navajos et peut être même du genre humain tout entier, était ce qui importait vraiment au final.

Kate les accueillit en souriant. Elle avait vraiment tout pour elle, se dit Christelle un peu jalouse, pensant de nouveau qu'être belle et féminine ne voulait pas dire être une victime des hommes. L'expertise de la doctoresse Sullivan était reconnue mondialement, elle avait ses entrées dans tous les centres de recherche et était accréditée par le ministère de la défense. Atsa lui avait dit qu'on ne pouvait pas trouver plus compétent dès lors qu'il s'agissait de comprendre les différences sur l'organisme entre les reproductions sexuelles et cloniques.

Et cela ne l'empêchait pas d'irradier la beauté et la féminité. Elle ne cachait pas ses formes et portait une blouse blanche que SHE MacDonald IV aurait jugée trop moulante, mais surtout, qui s'arrêtait au-dessus du genou en opposition avec toutes les recommandations officielles (pantalon blanc ou blouse mi mollets étaient la règle). Ses jolies jambes se finissaient sur des mocassins à léger talons, qui n'étaient pas non plus orthodoxes, et qui avaient pour effet (involontaire ?) d'accentuer une cambrure qui n'avait pourtant pas besoin de ça pour être incendiaire. Enfin, la longue chevelure frisée rousse de Kate contrastait par sa couleur et sa folie avec la sévérité de la blouse blanche, et du lieu en général.

L'ensemble projetait une image de beauté, de charisme et de confiance qui était destinée, bien au-delà des hommes (même si Kate lui avait dit vivre en couple avec un homme), ou des femmes, tout simplement à sa propre self-estime.

Ils se firent la bise sur le perron du laboratoire. Ou plutôt d'un des laboratoires. Le premier, isolé du reste de ce gigantesque campus par des barrières qui avaient l'air redoutablement dissuasives, et protégé par des gardes armés, était classé défense nationale. Le second était le laboratoire de génétique des étudiants post-master of science.

— Même ton guerrier navajo qui est pourtant reconnu comme un expert par tous ce qui se fait d'un peu sérieux dans le monde de la génétique, n'a pas le droit de pénétrer là-bas car il n'est pas accrédité défense nationale.

— Je suis au piquet donc je bosse dans le laboratoire public, dit Atsa.

— C'est un mauvais plan d'ailleurs, car cela nuit à l'efficacité de mes étudiantes quand il est là. Mais tu verras, ce labo est lui aussi fascinant encouragea Christelle en la prenant par le bras et en l'engageant à la suivre.

Ils atteignirent le portail de sécurité. Atsa fit son contrôle rétinien et attendit Christelle qui, comme il fallait s'en douter, devait faire un contrôle ADN complet car c'était sa première visite. La garde entoura le scratch à micro aiguilles autour de l'index qui lui était tendu (ce n'était pas douloureux mais chatouillait souvent un peu pendant la journée où l'on faisait le test). La femme en uniforme devant l'écran pâlit et appela sa chef. Après quelques minutes, celle-ci se dirigea vers Kate qui était déjà de l'autre côté des barrières. Elle fit signe à Atsa

— Attend, je reviens, rassura-t-il Christelle qui ne semblait pourtant absolument pas inquiète.

189

— Nous avons un petit problème, l'accueillit Kate en souriant, l'analyseur d'ADN est défaillant et je ne vais pas pouvoir faire entrer Christelle aujourd'hui.

— Quel est le problème ?

— La machine dit qu'elle est une primate.

Les cons, ça ose tout, c'est même
à ça qu'on les reconnait !

Michel Audiard

Chapitre10-Man-up !

— SHE 2 Salope IV, elle va me sucer le gland et dans pas
longtemps en plus !

L'homme qui tenait ces propos distingués s'appelait Gareth
McCoy. Et la femme qu'il ciblait et dont il espérait un
traitement buccale était SHE 2 Harrison IV. Elle cristallisait
tout ce qu'il détestait : une SHE, ouvertement anti-hommes et
Latina par-dessus tout ! Il s'était permis cette petite sortie,
d'abord parce que cela lui faisait du bien, mais aussi parce qu'il
était en comité restreint, en compagnie de sa garde rapprochée.

McCoy était une caricature de sudiste blanc. C'était à se demander comment ils avaient survécu au mixage qu'avait, par la force des choses, provoqué la reproduction clonique.

La première raison, même si le gouvernement ne le reconnaissait pas, semblait être que le mixage n'était pas si aléatoire que ça et que le Comité éthique avait formalisé, on ne saura peut-être jamais comment une classification par « race » et par « famille » de gènes. En conséquence, contrairement à ce à quoi on aurait pu s'attendre, les caractères récessifs n'avaient pas particulièrement disparus et la société Nord-Américaine comptait toujours une riche diversité, faites de rousses, de blond(e)s, d'asiatiques, de brun(e)s type latina(o)s, d'africain-américain(e)s et de blancs fadasses et racistes comme McCoy.

La deuxième raison semblait être la simple réponse empirique à un des éternels débats des philosophes : l'acquis était plus important que l'inné !

Gareth McCoy était la preuve vivante que ce qui se faisait de pire dans le Sud n'était pas près de disparaitre. Physiquement il avait tout le kit d'un adhérent aux groupes d'extrême-droite qui existaient deux siècles auparavant. Blanc, chauve, assez trapu mais tout en muscles il arborait une peau claire, qu'on devinait seulement couverte qu'elle était de tatouages en tout genre.

Le cuir et les kakis militaires constituaient son uniforme quotidien.

Mentalement, c'était une brute ignare ou plutôt obtuse, car il n'était pas inculte, mais retenait sélectivement les pires choses (le KKK et les jeunesses hitlériennes étaient, par exemple, ses modèles d'organisations). Son éducation provenait de ses années dans son pensionnat à Birmingham en Alabama, de l'armée et enfin du milieu des plateformes pétrolières connu pour être extrêmement intégriste. Il était donc, sans ambigüité, raciste, xénophobe, antisémite et beaucoup plus important et, soyons honnête, courageux,... sexiste.

Malheureusement, l'attitude têtue et injuste du Harem envers les hommes occultait un peu ses positions extrêmes et il était surtout perçu par ses pairs comme un activiste impatient et infatigable de la cause d'hommes pour lesquels, tous les moyens commençaient à être bons.

Gareth était le leader de la section Albuquerque pour Manup ! et il en représentait, sans conteste, la branche la plus extrême. L'ironie voulu que ces extrémistes trouvassent face à eux la plus réactionnaire des membres du Harem, SHE 2 Harrison IV.

Car l'une des conséquences les plus déconcertantes de la Calamité avait été de complètement redessiner les lignes de division entre les libéraux et les conservateurs. La complexité venait de ce que cette coupure s'était faite de manière différente selon que l'on parlait de problèmes sociaux, religieux,

193

économique ou homme/femme. Cela rendait les clans difficiles à cerner, car les alliés sur certains sujets pouvaient être les pires ennemis sur d'autres.

Les deux seuls ensembles assez homogènes, et constants dans leurs positions, étaient la Côte Ouest et le Canada.

La Côte Ouest (Alaska mis à part) était libérale économiquement, pro-choix pour la reproduction, favorable à l'émancipation des hommes et respectueuse de toutes les religions. A l'avant-garde de la promotion d'une démocratie complète, la région était très proche, sur l'échiquier des valeurs, de l'Europe occidentale, bien que bénéficiant d'un dynamisme économique et démographique très supérieur.

Le canada était plus avancé en terme de couverture sociale, pro-reproduction clonique, anti religions anciennes et pour l'ouverture aux hommes, sans limite, des postes dans le privé (le Québec était même favorable à l'émancipation des hommes).

Pour le reste du pays les choses étaient beaucoup plus complexes.

Le Midwest de SHE Van Notten était conservateur parce qu'il l'avait toujours été mais il n' était pas vraiment sûr de ce qu'il voulait conserver ! Les femmes avaient certes pris le pouvoir, faute de combattants, quand la région avait été proprement décimée par la Calamité. Mais la pandémie et son origine avaient aussi représenté un tremblement de terre pour l'agrobusiness qui était le socle de l'économie de la région.

Chicago était un îlot atypique dans la région partageant les valeurs de la Côte Est, reproduction mise à part car le poids des religions anciennes faisait basculer l'Illinois du côté pro-choix. Le reste du Midwest était tiraillé par des influences assez contradictoires. Le respect pour l'autorité fédérale, le poids des médias et le goût du pouvoir expliquait par exemple une faible majorité anti-hommes. Mais la nécessité de relancer l'agrobusiness, demandeur d'une main d'œuvre masculine, et l'ombre très prégnante des anciennes religions qui militaient officieusement pour la reproduction sexuelle dès que possible, avait créé un courant pro-immigration et en faveur de la libéralisation partielle des opportunités pour les hommes.

De même, l'affaissement de l'économie avait généré une demande structurelle de services sociaux qui était en conflit frontal avec le conservatisme de bon aloi de SHE Van Notten. Elle n'avait d'ailleurs été réélue qu'en raison des divisons de ses adversaires lors de son dernier passage devant les urnes.

Quant à la Côte Est, on peut dire qu'elle restait très influencée par l'héritage d'Adler. Il était donc tabou de remettre en cause officiellement les préceptes de SHE Delaney. La région était pro-reproduction clonique pour des raisons très 'pratiques' : beaucoup des hommes qui avaient survécu avaient émigré vers la Côte Ouest ou l'Europe pour trouver des climats plus favorables. Et parmi ceux qui restaient, il n'était pas très

195

clair combien avaient réellement capacité à procréer. Une faible majorité soutenait le statu quo sur la place des hommes dans la société. Par respect pour SHE Delaney, sauveuse de la nation, par conscience élitiste féminine et enfin parce que la faiblesse des religions anciennes allégeait la pression en faveur de la reproduction sexuelle, et donc, des hommes. La Côte Est avait cependant maintenu des positions « démocrates » sur beaucoup de sujets : couverture sociale, contrôle des armes …

Le Sud était secoué par des dissensions beaucoup plus compliquées, avec lesquelles SHE Harrison jonglait magistralement pour se faire réélire. Les religions anciennes exerçaient toujours une forte influence protestante pour les blancs et les africain-américains, et catholique au sein de la population hispanique. Cela militait en faveur de la reproduction sexuelle qui, Déesse merci, n'était pas réaliste jusqu'à maintenant compte tenu du nombre limité d'hommes féconds. La Régente du Sud ne voulait pas perdre cette « excuse » imparable qui lui permettait de se maintenir au pouvoir. D'où son attitude extrême pendant la dernière réunion du Harem.

La région restait très conservatrice sur tous les autres sujets dans le prolongement de son vieil ancrage républicain : anti-aides sociales, pro-armes (SHE Harrison III avait même obtenu de SHE Delaney IV une dérogation probablement anticonstitutionnelle qui facilitait l'accès aux armes dans sa région), isolationniste bien que pro-armée, et…incontestablement pro-riches !

Mais l'ensemble n'était pas du tout homogène entre un Colorado libéral et un Alabama moyenâgeux, des villes comme Austin ou Denver plutôt avant-gardistes face à des Santa Fé ou des Dallas ultra conservatrices, les hispanisants et les anglo-saxons et, surtout, trois populations qui ne s'appréciaient guère : des noirs misérables, des latinos plutôt optimistes et des blancs très traditionalistes et frustrés.

C'est à ce dernier groupe qu'appartenait Gareth McCoy qui avait grandi in Albuquerque dans un des pensionnats pour hommes mis en place par la première SHE Harrison. A l'issue de sa *High School* et après avoir passé trois ans dans l'armée, il était parti travailler sur une plateforme pétrolière dans le golfe du Mexique pour une compagnie texane afin d'essayer de mettre un petit pécule de côté. C'est sur ces plateformes qu'il avait été recruté par *White Men*, un groupuscule extrémiste qui prônait le rétablissement de la primauté de l'homme, de l'homme blanc, pour être précis.

White Men regroupait beaucoup d'anciens militaires et bénéficiait d'ailleurs d'une discrète bienveillance de l'armée. WM prônait la lutte armée et s'attaquait aux symboles de l'état des SHE au Texas, en Arkansas et en Louisiane. Gareth McCoy

197

avait participé à la destruction de nombreux bâtiments publics et d'à peu près toutes les statues de SHE Delaney dans ces états.

Les cibles prioritaires étaient les institutions interdites aux hommes. Le FBI avait détaché des forces spéciales pour une longue durée dans la région qui étaient finalement venues à bout des leaders du mouvement, et qui les avaient incarcérés. Gareth McCoy avait ainsi passé trois ans, au frais de l'état du Texas dans une prison près de Houston. Les rescapés de White Men s'étaient pour la plupart calmés et recasés dans un plus grand et plus légitime mouvement, qui s'appelait Man-Up !.

Man-Up ! étaient la plus puissante et plus représentative des ONG pro-hommes. Un mouvement militant en faveur de droits des hommes qui rappelait le mouvement pour les droits civil, de la population noire, au vingtième siècle. Cette revendication était le ciment qui tenait ensemble tous les membres hétérogènes de l'association.

Cependant, l'organisation, elle non plus, n'échappait pas à la confusion des valeurs qui était apparue dans les décombres de la Calamité, et regroupait une faune incroyablement hétérogène. Par conséquent, il aurait été diablement difficile de faire le portrait type d'un militant.

Les femmes libérales californiennes côtoyaient les femmes très conservatrices et religieuses du Midwest et les hommes de tous les horizons. Ils voulaient tous que leurs droits soient reconnus mais avaient des objectifs prioritaires différents : se marier, entreprendre, connaitre leurs enfants cloniques, voter, procréer, entreprendre, voyager librement ou, comme Gareth, faire payer les femmes.

Man-Up ! (un jeu de mots en Anglais qui signifiait à la fois « homme debout » et « sois un homme » était devenu un lobby politique à prendre en compte en raison du vote des nombreuses femmes qui en étaient membres, mais représentait, avant tout, un lobby économique formidablement puissant.

Man-Up ! incitait, avec succès au boycott des industries qui ne poussaient pas les opportunités pour les hommes aux extrêmes limites de la loi, ou qui soutenaient ouvertement la « ségrégation ». Le fonctionnement de certaines entreprises ou administrations pouvait ainsi être interrompu temporairement voire définitivement.

Cela avait été le cas, récemment, d'une société de transport de fonds du Texas qui n'utilisait les hommes que dans les postes à risque et leur bloquait l'accès aux postes de cadres. Elle avait déposé son bilan en deux mois.

Même l'armée pouvait être touchée. Si les militaires en activité, pour la plupart sympathisants, n'avaient pas le droit d'adhérer à Man-Up !, ce n'était pas le cas des employés de toutes les sociétés de logistique et d'ingénierie privées, qui soutenaient les forces armées. La rumeur récente de mise en place d'un nouveau système de mouchard pour les hommes avait déclenché une grève générale dans ces sociétés avec pour conséquence immédiate une réduction drastique et handicapante de la mobilité des troupes nord-américaines.

Le mouvement pouvait déjà se flatter d'un certain nombre de faits d'armes. D'abord son poids était considérable sur la Côte Ouest, moteur économique de la fédération, et il avait indéniablement accéléré là-bas toutes les mesures pro-hommes. Il avait ensuite obtenu du Harem que les membres masculins de Man-up ! soient dispensés de mouchard sous le prétexte que c'était une atteinte à la démocratie et au droit d'opposition. Pour sauver la façade démocratique qui importait beaucoup à SHE Delaney, même si personne n'était dupe, le Harem avait fini par accepter, cinq ans auparavant.

Depuis deux ans, Man-Up ! faisait pression pour que des statistiques fiables sur la fécondité des hommes soient publiées, arguant que c'était une nécessité de santé publique, en aucun cas une atteinte à la reproduction clonique. L'alternative selon eux était de laisser les rumeurs les plus folles et les plus déstabilisantes se propager et de tolérer des grossesses non maitrisées.

Mais le but ultime de Man-Up !, même s'il n'était pas ouvertement affiché, était la démocratisation complète de la CNA. Elle passait obligatoirement par l'amélioration du sort des hommes. Cela faisait de l'ONG la seule véritable force d'opposition du pays.

L'origine et le siège de Man-Up ! étaient à San Francisco. Le leadership du mouvement était, logiquement, plutôt composé de libéraux californiens, hommes et femmes, et d'apparatchiks habitués au lobbying et aux magouilles de Washington qui, bien que le Harem ait remplacé la Maison Blanche, survivaient comme les rats après la peste.

Mais pour rallier les troupes plus traditionalistes et pouvoir revendiquer une véritable assise nationale, Man-Up ! avait dû intégrer dans son deuxième niveau de cadres, des garants de la 'diversité' religieuse, politique et sociale. Cela incluait des tenants des anciennes religions, en particulier quelques révérends du Midwest, et un certain nombre de catholiques fervents irlandais ou latinos. Egalement des *rednecks* représentatifs des états du sud dont faisait partie, malheureusement, Gareth McCoy.

Gareth avait été évalué « à risque » lors de son recrutement et l'organisation avait dû bien soupeser le ratio risques/bénéfices dans sa candidature. Mais il apportait une crédibilité *blue collar* de race blanche, une caution de *Southerner*, et une intimité avec l'armée. Et puis il avait été membre de White Men et, tout comme ses anciens collègues qui s'étaient ralliés, il envoyait le message aux adhérents et au gouvernement, que Man-Up ! n'allait peut-être pas rester

201

indéfiniment dans le respect de la loi, si les choses ne s'amélioraient pas considérablement.

Ne lui avait été confié cependant qu'un troisième rideau, la section locale d'Albuquerque, où il reportait à un pasteur un peu sénile mais généreux, en charge du Nouveau Mexique pour l'organisation.

Il avait été rendu presque fréquentable par trois mois de training obligatoire et intensif avec les équipes de communication du mouvement. Il savait maintenant se tenir et avait raccourci son vocabulaire en en bannissant, du moins en public, les mots *Fuck, Cunt* et *Nigger*.

Mais ce soir-là, Gareth n'était pas dans les locaux de Man-Up ! mais dans le garage de son pavillon, entouré de cinq proches issus comme lui des White Men. Deux d'entre eux étaient des ex-Navy Seals, le corps d'élite de l'armée américaine qui avait résisté contre vents et marée. Ils buvaient du Jack Daniel's en revoyant une dernière fois les détails de l'opération, dans un décor surréaliste qui les ramenait tous soixante-dix ans en arrière, peut-être parce que c'était la dernière fois que quelqu'un avait eu quelque velléité de nettoyer la pièce.

Les posters affichés au mur auraient fait rougir des camionneurs du siècle dernier, pourtant les photos étaient toutes récentes. Les filles qui écartaient les cuisses ou offraient leur croupe en se léchant les babines faisaient également preuve d'un grand sens de l'humour dans les bulles qui leur étaient attribuées. Une disait « LèSHE-moi ». Une autre gémissait « bouffe-moi la SHattE » et la troisième clamait « Je suis ta SHiEnne ! ».

Ce commerce, qui décidemment semblait appelé à rester toujours aussi lucratif quel que soit le siècle ou le régime, avait suivi le chemin inverse des autres. Alors que tout, absolument tout, était mobile, dématérialisé et instantané, via les descendants de l'internet, le porno était revenu sur support solide qui se transmettait de la main à la main, dans le plus grand secret, comme la drogue.

Le FBI était en effet extrêmement actif sur tout ce qui était sans fil et pouvait retracer efficacement et instantanément les sources. Il pouvait, et il devait le faire car SHE Delaney avait déclaré cette industrie dégradante pour les femmes, et avait exigé qu'elle disparaisse. En clair plus possible de faire semblant de ne pas voir.

En revanche les supports solides échappaient à tout traçage.

— Ensuite je lui mettrai bien profond dans le cul à cette salope reprit Gareth dans sa prose délicate et caractéristique.

Il semblait qu'il restât du travail aux conseils en communication de Man-Up ! Les cinq autres décérébrés rigolèrent grassement tout en trinquant. Il est vrai qu'une

203

occasion comme celle de demain soir semblait trop belle pour être vraie. La 'salope' en question passait la nuit dans sa résidence de Santa Fé. La capitale du Sud était Austin, ancienne capitale du Texas. C'est là que SHE 2 Harrison IV passait le plus clair de son temps. Mais demain soir, elle faisait étape à Santa Fé, capitale du Nouveau Mexique et sa ville d'origine, avant de rejoindre Washington pour une réunion du Harem.

Or, lorsqu'elle restait en ville, elle logeait dans une grande hacienda mexicaine qui avait abrité, avant 2026, la chambre des représentants de l'Etat. C'était un joli bâtiment presque complètement désaffecté et qui offrait, pour le plus grand bonheur de la « bande à Gareth », de nombreuses faiblesses d'un point de vue sécurité. En outre, la couverture du bâtiment était assurée par la police de Santa Fé qui brillait par son incompétence crasse en matière de protection des personnalités.

Gareth, les cinq brutes et dix autres ex-membres de White Men devaient attaquer demain soir l'Hacienda et kidnapper la Régente vers un 1h du matin. Trois autres ex-White Men infiltrés dans la police de Santa Fé, et anciens des communications de la Navy, étaient chargés de déclencher à minuit 55, un virus qui devait aveugler les forces de police locales.

Gareth se resservit du Jack Daniel. C'était ce que les Américains appelaient un *'perfect storm'*. Toutes les conditions étaient réunies pour un succès retentissant. Après, tout était possible ! Les Pédés de Man-Up ! auraient à prendre position. S'ils soutenaient l'opération, ils pourraient obtenir des concessions majeures du Harem et seraient bien obligés l'attribuer à la lutte armée. S'ils la condamnaient, ils se couperaient d'une énorme partie de leur base et White Men pourrait renaitre de ses cendres, tel le Phœnix.

Quant à la réaction de l'état fédéral, elle ne serait pas facile. Aller passer au peigne fin les banlieues masculines d'Albuquerque produirait des rancœurs et il n'est pas sûr que les forces de sécurités, composées principalement d'hommes, mettent du cœur à l'ouvrage. Enfin le précédent de s'attaquer aux SHE donnerait des idées dans l'armée. Il soupira d'aise en sifflant un zeste de Bourbon.

Il avait parfaitement raison pardi. C'était trop beau pour être vrai !

SHE 2 Harrison IV arriva tout sourire à l'Hacienda vers 22h30 et disparut dans ses appartements. Elle y retrouva le chef de la police de Santa Fé et le capitaine des unités d'élite des forces d'assaut du Texas, qui l'attendaient depuis la tombée du jour.

La sécurité des régions fonctionnait sur le modèle des anciens Etats-Unis. Les crimes fédéraux et la sécurité du territoire restait du ressort de Washington, tandis que les autres délits revenaient aux autorités locales. En revanche pour des raisons évidentes de paix sociale

205

qu'impliquait la surveillance des activistes pro-hommes, les régions avaient également développé des compétences d'antiterrorisme.

Man-Up ! était dès lors l'une des organisations les plus infiltrée à tous les niveaux et des récidivistes comme Gareth bénéficiaient d'un traitement de faveur, en termes de surveillance.

En conséquence, SHE Harrison savait depuis trois semaines qu'une opération se préparait contre elle et s'en réjouissait. Elle s'apprêtait à saisir des amateurs, mais des amateurs effrayants, en plein flagrant délit. Elle démontrerait que les hommes représentaient un danger quand on leur lâchait plus de libertés, que Man-up ! n'était pas une organisation crédible, qu'elle avait tout, elle, d'une vraie femme d'Etat, capable d'assurer la sécurité de sa région et, *last but no least,* que SHE MacDonald IV était une incompétente.

Elle les attendait Gareth et sa bande. Et de pieds fermes. Les gardes à l'extérieur n'étaient pas informés mais trois unités d'élite occupaient le bâtiment et étaient prêtes à accueillir le commando de White Men. Quelques journalistes, triés sur le volet, avaient suivi la Régente toute la journée et auraient l'exclusivité des photos. C'était trop beau pour être vrai !

Elle avait également parfaitement raison, pardi, c'était trop beau pour être vrai ! A 23h55 les communications de la police de Santa Fé s'éteignirent, y compris l'écran sur lequel SHE Harrison suivait le déroulé des opérations :

— Qu'est-ce que c'est que ce bordel hurla-t-elle à la chef de la police de la ville, oubliant que le mot « bordel » était tabou parmi les SHE.

— Je n'ai jamais vu ça répondit cette dernière, blanche comme un linge, mais ne vous en faites pas Régente, vous ne risquez absolument rien ici.

— Ça vaudrait mieux pour vous. Mais si nous n'avons pas de camera nous n'aurons pas d'images pour les médias, bougre d'idiote !

A 23h58 les treize membres de la bande de Gareth escaladaient le mur ouest de l'Hacienda, seule zone sans garde, car complètement ceinte d'un haut mur. A minuit, de l'autre côté du mur, onze membres du commando étaient la tête contre la terre, menottes au poignet, entourés de vingt membres des unités d'élite du FBI qui avaient pénétré dans le parc a 23h56. Les deux ex-Navy Seals étaient debout et se faisaient insulter par Gareth pendant que ce dernier se faisait photographier tête contre terre.

— Enculés hurlait-il, tapettes…

L'un des deux Navy Seals lui décocha un coup de pied qui l'assomma et justifia probablement, par la suite, la longue intervention d'un dentiste. A minuit-une, les trois membres du

207

commando qui gardaient les Speedos était appréhendés. A minuit-trois, la montre de SHE 2 Harrison IV vibra. C'était SHE MacDonald, la secrétaire d'Etat aux affaires intérieures :

— Bonsoir SHE Harrison. Vous pouvez aller vous coucher tranquillement. Le commando des White Men a été appréhendé. A demain.

La Régente du Sud resta bouche bée, folle furieuse et rouge de haine. Elle ne pouvait même pas limoger cette idiote de chef de la police car ce serait reconnaitre sa propre incompétence. Elle envoya son verre sur un mur où il s'éclata.

Tout était pourtant prêt. Elle avait été maquillée juste ce qu'il fallait pour ajouter une touche de distinction à l'image d'autorité que devait véhiculer son ensemble gris strict, et la coupe de cheveux sévère qu'elle s'imposait pour ne pas faire trop typée Latina. Elle avait même fait un régime intensif ces dix derniers jours, pour atténuer un peu les bourrelets qui nuisaient, croyait-elle, à sa crédibilité.

— Je ne vous félicite pas, dit-elle laconiquement à ses équipes. Elle semblait avoir retrouvé son calme mais se dit qu'il ne lui faudrait plus, dorénavant, sous-estimer SHE MacDonald IV.

Il était près de deux heures du matin à Washington. SHE MacDonald était toujours dans la 'situation room' du FBI, avec ses collaborateurs, qu'elle félicita chaleureusement. Cette opération aurait des conséquences et elle avait été risquée. Mais il fallait prendre des risques pour réussir à accélérer les choses dans le pays se dit-elle, car le statu quo était devenu intenable. A plusieurs reprises ses équipes avaient craint que les agents infiltrés chez McCoy ne retournent leur veste. Et il devenait de plus en plus difficile de motiver des hommes sur ce type d'opérations. Cette mise en scène montrait également de quoi SHE Harrison était capable.

La réunion du Harem promettait d'être mouvementée, demain, mais elle n'y allait pas sans quelques atouts.

C'est une erreur de croire qu'une
femme peut garder un secret.
Elles le peuvent, mais elles s'y
mettent à plusieurs.

Sacha Guitry

Chapitre 11-Le Harem

SHE McDonald IV n'eut pas sa patience habituelle avec les molosses de la sécurité du Harem.

— Mais madame la secrétaire nous devons vérifier…

— Rien du tout, nous savons toutes les deux que les vérifications rétiniennes et mémorielles sont suffisantes, et que la fouille de mon chauffeur n'est qu'un palliatif à vos nombreuses frustrations. Donc laissez-moi passer.

La gorille s'écarta et obtempéra. Il était vrai qu'elle avait déjà fait ce que requérait le protocole de sécurité du Harem, et qu'on ne pouvait rien lui reprocher. Il était aussi vrai que la sécurité du Harem dépendait du FBI et donc de SHE MacDonald. Or ceux qui avaient pris frontalement la secrétaire d'Etat, ces vingt dernières années, n'étaient plus là pour en parler.

SHE Mac Donald regarda sur la tablette, insérée dans l'appui tête du Speedo de Lawrence, la synthèse des événements de la veille que son service de presse avait préparée. Les journaux matérialisés sur papier n'existaient plus depuis bien longtemps, mais les titres avaient persisté en versions numériques pour le bénéfice d'un lectorat encore assez important. Personne ne croyait vraiment à leur indépendance mais ils avaient le mérite de prendre position et de d'exprimer des points de vue divergents, alors que les autres medias étaient ouvertement aux ordres du pouvoir.

Tous les « presse » exhibaient la photo de Gareth McCoy, hagard comme un lapin surpris par les pleins phares d'une voiture, ses bras tatoués menottés derrière le dos.

Le Dallas Star titrait : « E-Man-cipation ? Vous voulez plaisanter ? »

'Les forces de sécurité, dont le pays peut être fier, ont promptement et efficacement fait avorter une hideuse tentative de kidnapping de la Régente SHE 2 Harrison IV, hier soir, à Santa Fé. Cette tentative, orchestrée par le leader local de Man-Up !, montre, mieux que tous les mots, qu'on ne peut pas faire

211

confiance à cette organisation qui tient un double discours, et que toute libéralisation favorable aux hommes est prématurée. Notre Régente, courageuse pendant toute cette épreuve, a souligné à nos reporters : « nous ne cèderons pas à la force brute. Cet action prouve que nous n'avons malheureusement pas d'interlocuteurs crédibles pour représenter les hommes ».

Le San Francisco Chronicle titrait : « Man-ipulation !»
'Une bande de croquemitaines caricaturaux, infiltrés au sein de l'organisation Man-Up ! à Albuquerque, aurait tenté d'orchestrer un théâtral enlèvement de la Régente du Sud, à Santa Fé. Il semble que l'ensemble des forces de sécurité du pays et une bonne partie des médias locaux étaient au courant de ce complot, et que la Régente attendait elle-même les « invités » avec force journalistes, au sein de l'Hacienda.

Gageons que le prochain coup-monté, pour discréditer Man-Up ! et la cause des hommes, sera un peu mieux organisé, et saluons néanmoins l'action décisive du FBI qui a donné à cette pantalonnade, la fin pitoyable qu'elle méritait.'

Le New York Time titrait « Action décisive du FBI à Santa Fé »
'Il n'échappe à aucun observateur un tant soit peu objectif que le sort des hommes va devoir rapidement basculer dans un sens ou dans un autre, et que le statu quo n'est pas une option viable.

Les événements d'hier soir, au Nouveau Mexique, n'apportent de lumière sur rien si ce n'est sur l'efficacité du FBI.

Il semblerait qu'un groupuscule, hérité de White Men et récemment affilié à Man-Up !, ait tenté d'infiltrer l'Hacienda pour l'enlèvement, voué à l'échec, de SHE 2 Harrison IV. Au-delà de la confusion des événements de la soirée, sur lesquels nous n'aurons probablement jamais la lumière, cette action armée, menée par des amateurs, semble annonciatrice d'une radicalisation dangereuse des mouvements pro-hommes. Après des années de désobéissance civile pacifique, force est de constater qu'ils n'ont pas obtenu grand-chose et font face à l'exaspération de leur base, et des hommes dans leur ensemble.

Interrogée sur l'événement, SHE Garcia V s'est félicitée que sa collègue soit saine et sauve, mais a insisté que le statut des hommes devait s'améliorer rapidement au risque de la « généralisation de ces dérapages et d'une escalade dangereuse ».

MacDonald laissa s'échapper un sourire fugace alors que Lawrence l'arrêtait devant l'entrée des membres du Harem. La discussion promettait d'être animée en cette fin d'après-midi de mai.

Elle salua SHE Delaney, ou plutôt son portrait, en chemin pour la Cabinet room. La pauvre devait se retourner dans sa tombe si elle comprenait comment ses intentions avaient

213

été perverties, et dans quelle cacophonie les décisions du Harem étaient prises ou plutôt…n'étaient pas prises !

Elle rejoignit un peu en avance le cabinet room et ses collègues n'étaient donc pas encore arrivées. Seules SHE Bazile et SHE Van Notten, qu'elle salua, étaient là.

Elle se demanda si Christelle allait bien. Sa présence à Stanford lui avait bien entendu été rapportée immédiatement mais elle ne savait rien de l'incident du détecteur d'ADN, car Kate avait obtenu de la chef de la sécurité qu'elle ne le reporte pas.

— Si vous lancez, sans qu'on ne vous ait rien demandé, et sans certitude, une rumeur sur la fille du secrétaire d'Etat aux affaires intérieures, je vous souhaite bon courage, avait-elle lâché de façon catégorique et même intimidante.

Christelle avait l'air d'aller bien et on ne pouvait pas vraiment la blâmer de s'être éloignée de toute cette folie politicarde et de l'atmosphère oppressante de Washington. SHE MacDonald V était persuadée que Christelle trouverait sa voie et qu'elle devait le faire seule, ou du moins sans pression de sa mère.

Mais sa fille ne se rendait probablement pas compte combien c'était dur pour la mère en question, et combien c'était une cause de soucis supplémentaires, à un moment où elle en avait son lot, et même plus que son lot, de soucis.

Christelle discutait souvent avec SHE Garcia IV quand celle-ci venait à leur villa de Washington. Elle était alignée avec toutes les vues de la Régente de la Côte Ouest et l'incitait même souvent à aller plus loin. En revanche, elle jugeait sa mère trop conservatrice et, surtout, trop volontaire dans la défense d'un ordre inique.

Sa dernière lubie, peu de temps avant de partir, avait été de retrouver la trace de son frère. L'une de ses amies de la Côte Ouest lui avait probablement monté la tête sur ce thème. Cette idée saugrenue avait donné lieu à une sérieuse altercation entre elles, car SHE MacDonald IV ne pouvait pas garder quelque crédibilité que ce fut, en tant que secrétaire d'Etat aux affaires intérieures, si sa propre fille défiait les règles prônées par son ministère.

Mais qu'est-ce qu'elle croyait ? Qu'elle était la première à y avoir pensé, cette petite sotte ? La secrétaire d'Etat aussi, dans sa trentaine, toute fraiche élue plus jeune Régente de la CNA, avait essayé de savoir si elle pouvait retrouver ses propres frères. Et elle avait aussi cherché à garder la trace de la destination de ses garçons, les frères de Christelle. Car ce n'est pas un frère que Christelle devait chercher mais deux puisque elle était née à la troisième tentative de la secrétaire d'Etat. Toute Régente de Californie qu'elle était, on lui avait dit que personne ne gardait trace des origines ADN des garçons et qu'il

215

était strictement interdit, par la loi, de les rechercher ou d'aider à les retrouver.

Elle avait appris depuis que c'était faux et qu'un fichier existait, totalement inaccessible sans l'autorisation expresse et concomitante de trois membres du gouvernement : la Présidente, la secrétaire aux affaires intérieures et la Présidente du Comité d'éthique. Ce fichier n'existait que pour des nécessités de sécurité nationale et surtout de santé publique.

Cela avait pesé lourd dans sa décision d'accepter la proposition de SHE Delaney III, et de devenir secrétaire d'Etat à Washington. Il lui semblait plus facile d'influencer les choses de l'intérieur. C'était l'effroyable leçon que la première SHE Harrison avait donnée à toutes les Américaines.

Et du bien, elle en avait fait. C'est elle qui avait mis en place le tutorat, dès les quinze ans, pour les hommes. Tout homme adulte pouvait postuler au tutorat d'un adolescent sans qu'il puisse, en revanche, choisir son « filleul ». Il pouvait lui rendre visite pendant les années de pensionnat, l'aider financièrement et faciliter son insertion dans le monde, du travail en particulier, à dix-huit ans révolus. Cette mesure avait eu un impact social et économique considérable et avait positionné SHE MacDonald IV, plus qu'elle ne l'aurait souhaité d'ailleurs pour sa capacité d'action, comme un progressiste pro-homme.

Certaines femmes s'étaient engouffrées dans la brèche et avaient demandé à bénéficier du même droit, mais la Cour

Suprême, sortie pour une fois de sa léthargie, avait jugé cela inconstitutionnel car « cela aurait pour effet de recréer par procuration le lien irrationnel qui avait permis une domination masculine au cours des siècles » (SIC). Cet arrêt de la Cour avait, en cascade, permis à SHE Delaney III de prendre conscience du profond noyautage de l'institution par SHE Harrison. Dans les trois ans qui suivirent, elle avait orchestré le renouvellement des neuf juges.

Pour autant l'arrêt tenait toujours car la Cour ne revenait pas sur un cas déjà jugé ! Les femmes pouvaient donc donner de l'argent pour l'éducation et pour le bien-être des garçons, mais cela ne pouvait pas être intuitu personae, et les sommes données devaient rejoindre un pot commun géré par des ONG.

SHE MacDonald avait aussi imposé, dès son arrivée, le décret qui protégeait les garçons adolescents homosexuels ou à tendances homosexuelles, et autorisait leur adoption.

Elle avait aussi, et cela lui avait valu une levée de boucliers dans son camps, abrogé le décret irréel qui prévoyait une condamnation à mort systématique, sans procès, pour tout violeur. Le problème majeur n'était pas la nature exemplaire de la peine, le problème était l'absence d'enquête pour confirmer le viol. Beaucoup de filles de la haute avaient en effet recours à cet exutoire quand les relations sexuelles leur nuisaient, ou que

217

la perte de leur virginité était constatée suite à un séjour à l'hôpital.

Elle avait enfin milité pour que les régions aient plus de poids dans l'administration des hommes et de leurs libertés, car elle était convaincue que le pays devenait, dans sa majorité, pro-hommes, et que les régions, plus démocratiques que l'Etat fédéral, seraient beaucoup plus diligentes pour reconnaitre la volonté populaire.

Sa fille adorée, pour laquelle elle se faisait un sang d'encre, n'avait donc pas de leçon de morale à lui donner.

Christelle n'était au demeurant, ni la première, ni la seule, à vouloir retrouver ses demi-frères (demi car chaque tentative se faisait avec un ADN masculin diffèrent). Une association prônait le partage de toutes les informations rendant cette rencontre possible : Connect Now.

Mais sans accès à ce fichier mystérieux dont l'existence était tue, la tâche était dantesque. L'association incitait les hommes à nourrir son fichier commun avec leur date de naissance officielle et l'adresse du pensionnat où ils avaient grandi. Elle offrait aussi des tests d'ADN gratuits. Près de douze millions d'hommes étaient ainsi recensés dans les bases de données de Connect Now.

Les résultats concrets de l'ONG étaient maigres, bien que suffisants pour entretenir l'espoir et mettre la pression sur le gouvernement pour qu'il garde trace des ADN. Connect Now avait réussi par ciblage de dates puis par comparaison des structures d'ADN à rapprocher quelques frères potentiels. Des analyses plus poussées avaient ensuite confirmé certaines parentés. Ces cas avaient fait la une des journaux car depuis la reproduction clonique, certaines femmes pouvaient avoir une sœur, mais plus personne n'avait de frère connu !

Des voix, dans le couloir, précédèrent l'arrivée du reste du Harem. SHE Harrison fut distraitement réconfortée par ses collègues qui n'étaient pas dupes. La Présidente entra sur le pas de SHE Kowalski et fit un salut d'ensemble à l'assistance.

L'arrière-petite fille d'Adler Delaney avait quarante-cinq ans et occupait la présidence depuis un peu plus de quinze ans. Elle avait hérité des femmes de la lignée ce sourire caractéristique chargé d'intelligence et d'arrière-pensées. Pour le reste il était difficile de reconnaitre quoi que ce soit de la première Présidente dans cette grande femme aux cheveux châtains.

A l'image de ses traits qui trahissaient peu sa personnalité, ses réactions imprévisibles et parfois fluctuantes ne donnaient que peu d'indications sur son vrai positionnement sur l'échiquier politique.

Adler était un mélange conservateur et libéral en fonction des sujets. Sa fille était peu intéressée par la politique qui avait fini par l'écœurer sans qu'on puisse honnêtement lui jeter la

219

pierre. SHE Delaney III était clairement progressiste malheureusement à un moment où le pays ne l'était pas. SHE MacDonald IV craignait que la Présidente actuelle soit l'inverse : conservatrice à un moment où le pays était progressiste.

— Nous sommes ensemble demain matin pour couvrir les sujets courants. Mais ce soir, cette réunion exceptionnelle a de nouveau pour but de faire le point sur les agitations dans le pays, provoquées par notre population masculine.

MacDonald fut un peu surprise par le parti-pris d'emblée accusateur de sa voisine. Ou elle était nerveuse et voulait montrer sa fermeté ou elle s'était fait laver le cerveau par Van Notten et Harrison.

Elle espérait vraiment que tout allait bien pour Christelle. Le jour où elle était allée la chercher à San Francisco, il y a 26 ans, était tout simplement le plus beau jour de sa vie. Par la loi, le bébé était confié à sa mère à peu près un an et demi après la rencontre des ADN, soit grosso modo un an après la confirmation du sexe de l'enfant. Cela correspondait à un âge officiel de neuf mois puisque, en accord avec les autorités religieuses, la date officielle de la naissance était trente-six semaines après celle du mélange des ADN. L'idée était de maintenir les traditions ancestrales mais sans que cela résolve en quoi que ce soit le problème philosophique ou religieux, maintes fois discuté, de la date du début de la vie.

Son travail s'en était ressenti sans qu'elle l'admette, et sa dernière année en tant que représentante de San Francisco à l'assemblée californienne avait était discrète, mais tellement heureuse ! Dans ce monde tordu et perverti hérité d'une Calamité, auquel il avait bien fallu faire face, sa fille était son coin de ciel bleu. Elle ne laisserait rien lui arriver.

— Il est évident que plus nous donnerons de libertés aux hommes, plus nous aurons des agressions comme celle d'hier soir attaqua SHE 2 Harrison IV qui semblait avoir bien récupéré.

— Je suis déçue répliqua cynique SHE Garcia, c'est sur la Côte Ouest que les hommes ont le plus de libertés et je ne me suis pas encore fait enlever !

Harrison la gratifia d'un regard glacial, haineux et méprisant. Suivit un silence d'autant plus pesant que tout le monde savait que, cette fois, il allait falloir prendre des décisions. La Présidente finit par reprendre la parole en notant :

— Je tiens avant tout à féliciter SHE MacDonald et le FBI pour leur efficacité.

Des « Absolument ! » sortirent des quatre coins de la salle, et les membres du Harem tapèrent avec une main sur la table en signe d'accord, soulagées de trouver un point de consensus.

221

— Il aurait néanmoins été logique d'informer les services de renseignements du Sud, lâcha Harrison renfrognée, gâchant la fête.

— Voyons SHE Harrison, cela n'aurait pas été logique mais idiot, dit la Présidente avant même que SHE MacDonald ne puisse répondre. Vos services étaient, de façon évidente, infiltrés.

La Présidente avait pourtant envisagé à plusieurs reprises de laisser partir SHE MacDonald, qui était trop libérale à son goût, et beaucoup trop liée avec SHE Garcia, et de la remplacer par SHE Harrison. Mais sa secrétaire aux affaires intérieures avait deux qualités fondamentales qui l'en avaient dissuadée : elle était d'une compétence rare et, surtout, elle n'avait aucune ambition personnelle contrairement aux deux autres empoisonneuses.

Car ce qui importait à SHE Delaney IV ce n'était pas le sort des hommes, ce n'était pas sa cote de popularité ni l'opinion des Américaines. Ce qui comptait pour elle, c'était le pouvoir. L'avoir et le conserver !

— Les évènements d'hier soir posent quand même la question de la légitimité de Man-Up !, dit calmement Van Notten qui croyait sentir le vent tourner, mais n'était pas sûre du sens dans lequel il allait.

— Ils posent effectivement la question pour y apporter une réponse immédiate et sans ambiguïté, fit savoir SHE

MacDonald tout en faisant taire d'un geste SHE Garcia qui s'apprêtait à prendre la parole. L'opération d'hier n'a été possible que grâce à la collaboration totale et redoutablement efficace des dirigeants de Man-Up !. Deux agents, qu'ils avaient infiltrés dans la bande de McCoy, nous ont tenus au courant dans les moindres détails et en temps réel.

La surprise se lisait maintenant sur tous les visages, Présidente y compris. Les Régentes essayaient d'analyser ce que cette nouvelle voulait dire pour leur électorat et pour leurs positions vis-à-vis des hommes.

— C'était la bonne nouvelle, reprit la secrétaire d'Etat. La mauvaise nouvelle c'est que Man-Up ! nous a informées que ce serait la dernière collaboration si la situation des hommes ne s'améliorait pas considérablement dans les jours qui venaient.

— Je réagis très mal au chantage, lâcha immédiatement la Présidente sous les signes d'approbation de Harrison et de Van Notten.

— Ce n'est pas du chantage Présidente, cela aurait était du chantage s'ils avaient mis cela en préalable pour collaborer hier, ce qu'ils n'ont pas fait. C'est juste une information. Mais, grâce aux journalistes de SHE Harrison, tout le monde sait maintenant qu'il y avait deux agents infiltrés par Man-Up ! dans le commando. « Donner » un commando qui se bat pour la cause des hommes et ne rien obtenir en échange, c'est une position tout simplement intenable pour Man-Up ! qui commence déjà à voir ses membres fuir vers des organisations plus radicales.

Un ange dont, pour des raisons évidentes, on continuait d'ignorer le sexe, passa. SHE Bazile relança la discussion après un moment.

— Je dois dire que Man-Up ! est un partenaire social fiable. Ils sont exigeants comme les syndicats de la grande époque l'étaient, mais respectent la parole donnée et tiennent bien leurs membres. Les autres organisations sont beaucoup plus radicales et n'ont pas vraiment de couverture nationale. Sans eux les relations sociales dans le monde de l'entreprise seraient ingérables.

— Pour être efficaces, ils sont efficaces reprit SHE Kempten. La mobilité de l'armée est presque réduite à néant parce que nous n'avons pas confirmé l'annulation du nouveau mouchard.

— Bien, admit la Présidente peu sûre d'elle, il semble que nous ayons intérêt à leur lâcher quelque chose. Mais il va falloir jouer serré car leur donner trop les rendrait incontrôlables.

SHE MacDonald regarda la Présidente et eut de nouveau la confirmation du seul motif qui guidait cette femme : son petit pouvoir. Elle ne décidait qu'en fonction des mouvements du pouvoir, pas en fonction de ses valeurs ni de ses croyances. Une vraie politicienne, même si elle n'avait jamais dû affronter le suffrage universel. Il faudrait s'en souvenir et en jouer se dit-elle.

— Nous avons une autre bombe sur le point d'exploser s'immisça SHE Kowalski. Les tribunaux sont encombrés de cas de viols vraiment déconcertants et qui sentent la magouille à plein nez. Typiquement des filles qui ont des relations sexuelles suivies tombent enceintes, et sous la pression de maman et le risque de perdre une carrière prometteuse, portent plainte. La plupart des enquêtes infirment les accusations, mais nous laissons sûrement passer des erreurs judiciaires dont nous connaissons l'issue fatale ! Les hommes ont mis en place des mécanismes discrets d'enregistrement pour couvrir leurs arrières qui font passer les cours de l'Etat pour des cirques pornographico-comiques. Beaucoup de SHE ne réussissent elles-mêmes qu'à passer pour des menteuses dévergondées.

— Que recommandez-vous ?

225

— Je crois que la reproduction sexuelle ne devrait plus être une cause d'exclusion des femmes de la société civile. Ce n'était pas prévu par la constitution et n'était pas l'intention de SHE Delaney, comme en témoigne le Testament. Le décret 3 est injuste et n'est tout simplement pas tenable maintenant que les hommes semblent retrouver leur fertilité.

SHE MacDonald IV l'aurait embrassée.

— D'autres avis sur la question ? demanda la Présidente.

SHE Harrison qui était en réalité la seule à être vraiment opposée à la mesure, s'abstint de commenter car la discussion sur les hommes était plus importante que cette bataille, qui était perdue d'avance.

— Cette décision étant indépendante de notre discussion sur les hommes reprit SHE Delaney, je la mets au vote dès maintenant sous l'intitulé suivant :

-   Proposition de lever de manière rétroactive les effets du décret Harrison 3 et de redonner tous leurs droits de SHE aux femmes ayant connu ou connaissant une grossesse utérine.

— Pour ?

Toutes les mains se levèrent sauf celle de SHE Harrison. Van Notten qui espérait regagner dans l'électorat religieux de sa région n'hésita pas une seconde.

— Contre ?

Personne ne bougea.

— Abstention ?

SHE Harrison leva le bras. Elle ne voulait pas s'opposer mais ne voulait pas nous plus avaliser, de peur que cela limite sa marge de manœuvre lors du vote sur les hommes.

— Cette décision est donc avalisée et sera communiquée par décret avant la fin de la semaine, dit la Présidente en faisant signe à Kowalski et à MacDonald, en charge de l'exécution. Assurez-vous qu'une 'fuite' laisse filtrer l'information aux médias dès ce soir.

SHE MacDonald qui donna immédiatement instruction à ses équipes de communication de « fuiter » n'en revenait pas. C'était une énorme décision qui avait des ramifications beaucoup plus vastes qu'il n'y paraissait. Les SHE qui avaient déjà une fille ou deux pourraient maintenant tomber enceinte sans craindre pour leur statut. C'était également une décision qui ferait probablement boule de neige, et ne pouvait qu'avoir des conséquences favorables aux hommes. Par exemple une femme donnant naissance à un garçon pourrait le garder alors qu'un garçon issu de la même femme par reproduction clonique irait au pensionnat ? Ingérable sur le long terme !

Il s'agissait aussi d'une décision qui donnait à sa petite fille chérie, prompte à donner des leçons, des options qu'elle n'avait pas eues, elle, la chance d'avoir.

227

L'homme est admirable mais les
hommes sont pitoyables.

Barjavel

Chapitre 12-Christian 3776

Christian 3776 aimait la vue dont il jouissait de la fenêtre de son bureau, au trente-deuxième étage du siège de l'organisation Man-Up !, à San Francisco. Il apercevait la Transamerica Pyramid et, à l'arrière-plan, l'Oakland Bay Bridge. Les voiliers qui passaient au loin, sous le pont, avaient un effet apaisant dont il avait bien besoin compte tenu de la discussion qu'il venait d'avoir avec SHE MacDonald.

Il devait cacher en lui un petit côté réactionnaire ou nostalgique, car la vue de ces bateaux d'une autre époque, mais qui revenaient à la mode, navigant dans la baie de San Francisco sous un pont vieux de cent-cinquante ans, le fascinait plus que n'importe quel film multi-sens. A y bien réfléchir, ce n'était pas étonnant compte tenu de la pauvreté de la production cinématographique sous le règne des SHE.

La secrétaire d'Etat l'avait appelé directement pour le tenir informé des décisions du Harem, et il lui en avait su gré. Il la respectait sincèrement à défaut de partager ses valeurs. C'était une interlocutrice fiable, peu dogmatique et qui n'hésitait pas à se mouiller pour faire respecter par le gouvernement les engagements qu'elle prenait. C'était également une femme qui semblait véritablement attentive à la souffrance des hommes.

Mais il n'était pas naïf, elle était une redoutable joueuse de poker et restait, au final, la représentante d'un Etat oppresseur et implacable contre les hommes.

Les nouvelles qu'elle avait rapportées étaient, pour Man-Up !, une victoire à la Pyrrhus.
Certes elles suffiraient probablement à calmer la base qui critiquait de façon véhémente l'absence de résultats depuis deux ans, date des dernières avancées. Elles auraient également le mérite d'arrêter l'hémorragie dont souffrait depuis quelques temps l'organisation au profit de groupes paramilitaires radicaux. Mais ces gains restaient bien insuffisants et compliquaient les prochains mouvements de l'ONG.

Si Man-Up ! lançait une nouvelle vague d'actions, le gouvernement aurait beau jeu de les dénoncer comme une bande d'extrémistes insatiables qui se complaisaient dans la

229

contestation. Si Man-Up ! temporisait, les autres groupes s'engouffreraient dans la brèche avec Dieu sait quelles méthodes !

Le Harem avait dédouané les femmes des sanctions civiques liées à la reproduction sexuelle. Il avait accepté de lancer un recensement national et annuel de la fertilité masculine sous l'égide du Comité d'éthique. Il avait levé l'autorisation de voyage qui pesait sur les hommes, abaissé à douze ans l'âge où un garçon pouvait bénéficier d'un tuteur et enfin, il avait annulé la mise en place d'un nouveau mouchard.

Tout ça, c'était des broutilles, de la poudre aux yeux et des concessions sur des contraintes qui, déjà moribondes, étaient appelées à bientôt disparaitre toutes seules. Les vrais sujets : l'égalité, la paternité et la représentation économique et politique avaient été éludés. Aucun calendrier n'avait même été proposé pour en discuter. C'était une vraie gifle pour Man-Up !... et tout le monde en était conscient.

Il l'avait reproché sans ambigüité à SHE MacDonald IV qui, et ce n'était pas bon signe, n'avait pas bronché.

Et pour cause. La fin de la réunion du Harem, qui avait pourtant bien commencé, avait été houleuse voire carrément conflictuelle. Suite à l'adoption de l'abrogation du fameux décret numéro 3, la discussion était revenue sur les concessions qui pouvaient être accordées aux hommes.

— Que peut-on leur donner à moindre coût ? avait demandé la Présidente ne laissant pas de doute quant à sa mauvaise volonté sur le sujet.

— L'histoire du nouveau mouchard est intenable avait tenté SHE Kempten, et nous sommes en situation de risque majeur sans une totale mobilité des armées. En outre, le gros des désertions récentes découlaient indirectement du décret 3 que nous venons d'abroger.

— Soit avait accepté Delaney. Nous annulons le nouveau mouchard.

— Nous pourrions assouplir certaines des mesures liés au tutorat. Nous pourrions également mesurer le niveau de fertilité chez les hommes. Nous avons besoin de cette information de toute façon avait suggéré MacDonald qui sentait la Présidente sur la défensive et ne voulait pas attaquer trop fort.

— C'est une information porteuse de dangers si nous la rendons officielle affirma Harrison

— Pourquoi ? C'est une réalité et nous devons vivre avec. Il convient juste que nous nous adaptions et que nous en connaissions l'ampleur. En outre, rien dans la loi n'interdit à une communauté de mettre en place ses propres tests. San Francisco a proposé à la population masculine des tests gratuits. En trois mois 93% des hommes s'y sont soumis. Nous ne pouvons pas être les seules à faire l'autruche

— Je crois que je suis d'accord, avait admis la Présidente. Faisons des recensements réguliers, sachons à quoi nous en tenir. Vous pouvez l'annoncer et vous engager à notre transparence. C'est une information que nous ne réussirons pas à contrôler de toute façon et, vous avez raison, il faut limiter les rumeurs.

— Une de leurs demandes, avait tenté Kowalski est la reconnaissance de la paternité des garçons (i.e. le partage d'information sur les garçons nés à partir de leur ADN). Cela demanderait un changement d'organisation sur le plan national mais c'est faisable dans l'année qui vient.

— C'est une boite de pandore que je ne souhaite pas ouvrir, avait rugi immédiatement une Delaney bouillonnante.

— Il n'y a cependant aucun fondement constitutionnel pour refuser, avait osé Kowalski courageusement.

— Ça m'est égal avait aboyé Delaney qui s'était muée sous les yeux du groupe en une espèce de madame Hyde. Si nous commençons à dire aux hommes qui sont leurs garçons, les garçons voudront bientôt savoir qui est leur mère. Puis les hommes voudront choisir avec qui ils se reproduisent cliniquement et tout sera à recommencer !

SHE MacDonald était restée pétrifiée et avait échangé un regard avec Garcia. Le système atteignait ses limites. La Présidente était complètement paranoïaque et ne prenait de décisions qu'en relation avec son pouvoir et tout ce qui pouvait le menacer de près et même de loin. Magnanime sur les sujets qu'elle méprisait, elle se transformait en pitbull dès qu'elle pressentait un défi, même très lointain, contre son omnipotence. L'intérêt du pays et de ses habitants passaient complètement à la trappe. Les espoirs de complète démocratie que SHE MacDonald avait toujours secrètement entretenus semblaient s'éloigner à l'aune de cette constatation. La guerre civile en revanche était un risque qu'on ne pouvait plus écarter.

— Nous devrions autoriser la création d'entreprise pour les hommes et lever les obstacles qui les empêchent de gravir tous les échelons dans le monde du travail avait suggéré Bazile en essayant d'attaquer sous un autre angle. Nous perdons tous nos meilleurs éléments masculins qui partent vers les autres continents.

— Qu'ils s'en aillent, je m'en fous s'était emportée la Présidente qui, décidemment, tombait le masque et dévoilait une facette quasi-néronesque de sa personnalité !

— Si je peux me permettre SHE Delaney s'était immiscée Di Lorenzo, l'histoire nous suggère que cela a toujours

233

été très préjudiciable pour un pays quand des cerveaux de qualité s'exilent. Qu'il s'agisse des juifs d'Espagne, des protestants de France ou des savants de l'ex-URSS.

— SHE Di Lorenzo, l'histoire, c'est nous qui la forgeons. Mon arrière-grand-mère nous l'a prouvé à toutes !

SHE Harrison s'était félicitée de la tournure des évènements. Sans qu'elle n'ait rien eu à faire, toutes les propositions qui, soumises au scrutin, seraient passées haut la main étaient bloquées en amont par Delaney.

— Je ne réponds pas de la stabilité de la Côte Ouest si nous ne lâchons pas aux hommes des libertés civiques et économiques. Les sondages clandestins montrent déjà une population, là-bas, à 87% en faveur de l'émancipation des hommes. Et qu'on veuille l'admettre ou pas le thème principal des débats étudiants est la sécession avec la CNA.

— Si vous n'êtes pas capable de répondre de votre région SHE Garcia, vous ne méritez pas d'en être la Régente. Je ne suis pas prête à laisser une once de pouvoir, qu'il soit économique ou politique, aux hommes. Pas une once ! Libéralisez leur bite autant qu'il vous plaira, puisque cela vous semble important, donnez leurs quelques os à ronger sur les libertés si vous voulez. Mais pas une once de pouvoir ! Le Testament est très clair sur ce thème, tout comme la constitution. Je mettrai mon veto chaque fois qu'une résolution en ce sens sera proposée. SHE Macdonald et Kowalski, mettez en application les décisions avalisées et seulement celle-ci. Cette session est ajournée.

La Présidente était sortie sans autre formalité. L'étonnement était général même sur les visages de SHE Harrison et Van Notten qui n'en demandaient pas tant. Au final, aucune des femmes dans cette pièce n'était vraiment satisfaite car les décisions prises étaient contradictoires, illisibles, et certainement... insuffisantes

Christian 3776 devait maintenant décider quelle voie choisir pour l'organisation, et pour lui-même.

Bien sûr, les porte-paroles de Man-Up ! à travers le pays allaient se féliciter des nouveaux droits arrachés au gouvernement grâce à l'effort de tous, et insister que, en dépit du gain de cette bataille, la lutte continuait jusqu'à l'émancipation complète et inconditionnelle de tous les hommes de la Colombie Nord-Américaine.

Bien sûr, le gouvernement dirait que, en dépit des tentatives de déstabilisation des groupuscules masculins, il poursuivait sereinement une politique d'apaisement pour le bénéfice de toutes les Américaines et de tous les Américains qui aimaient la CNA.

235

La question était : comment exercer une pression intenable sur le Harem pour que les vrais changements aient lieu, et qu'ils aient lieu vite ?

SHE Macdonald savait qu'il ne demandait pas la charité et qu'il attendait beaucoup plus que les quelques miettes que lui avaient jetées les SHE. Or elle n'avait rien obtenu de majeur. Donc, ou elle cherchait le conflit et voulait lui envoyer le message que les concessions n'iraient pas plus loin ou, hypothèse qu'il privilégiait, elle n'avait pas pu obtenir plus. Et seule la Présidente avait le poids pour contrer la secrétaire d'Etat quand elle voulait vraiment quelque chose. Dans les deux cas, une démonstration de force s'imposait !

Man-Up ! était prêt et même plus que prêt. L'organisation, un peu à l'instar du Sinn Fein et de l'IRA, en Irlande, au vingtième siècle, s'était scindée en deux groupes. Une façade légitime, engagée dans des discussions avec le gouvernement : Man-Up !. Un bras armé, très armé, très préparé, très secret, très connecté parmi les militaires et trépignant d'impatience d'agir : M.A.N (Military Action Now).

Ce bras armé n'attendait qu'un mot de Christian pour agir et pour agir au nez et à la barbe (figurative) des SHE. En absence de mot, un signe serait même suffisant tellement ces hommes, qui avaient fait des choix difficiles et clandestins, étaient anxieux d'agir et d'impacter favorablement la cause des hommes.

Ses membres étaient pour la plupart des anciens des forces spéciales de l'armée ou des services de renseignements. Pas des guignols comme Gareth McCoy, mais de véritables pros qui avaient quitté leur job pour ne pas servir les SHE.

Certes, ils étaient pour la plupart fichés par le FBI mais ils ne transportaient pas de mouchards. En outre, il était parfois difficile de savoir qui surveillait qui, car les membres de M.A.N avaient des amitiés fidèles dans leurs anciennes 'administrations'. La rumeur voulait même qu'un nombre non négligeable de membres actifs de l'armée et des forces de sécurité ait adhéré au groupe paramilitaire. Par conséquent, M.A.N était non seulement puissant, mais également très bien infiltré, un peu à l'image de la résistance française pendant la deuxième guerre mondiale.

Le moment était donc venu de montrer les crocs et il fallait le faire vite et de façon convaincante ! Christian donnerait les instructions dès ce soir, et la machine se mettrait en action.

Il était moins sûr de la façon de faire avancer sa situation personnelle. Car il n'avait pas besoin des tardives et questionnables statistiques du gouvernement sur la fertilité des hommes. Tous les membres masculins de l'organisation s'engageaient à faire une analyse, chaque année, dans les labos de Man-Up !, soit six millions de personnes, un échantillon plus

237

que représentatifs. L'année dernière 47% étaient en état de féconder. 38% produisaient des spermatozoïdes mais en nombre et surtout d'une mobilité insuffisante pour procréer.

Il faisait partie des 15% restants !

Or sous un cynisme de façade, condition essentielle de survie du leader d'une organisation exposée comme Man-up !, Christian 3776 cachait le désir devenu obsessionnel d'avoir des enfants. Il ne l'aurait, pour des raisons évidentes, jamais reconnu mais il aurait aisément renoncé à toutes les revendications de pouvoir économique et politique pour accéder à la reproduction clonique et connaitre ses enfants. D'autant qu'il était amoureux fou d'une femme qui aurait volontiers fourni l'autre moitié d'ADN.

L'ironie voulait que cette femme soit probablement l'une des meilleures « candidates » pour mener à bien cette entreprise.

Il l'avait rencontrée lors d'une soirée de charité en faveur des pensionnats de garçons de San Francisco, organisée par Man-Up !. Elle était, en tant qu'experte, une des intervenantes de la soirée et avait brillamment expliqué les vertus de la reproduction clonique dans la réduction de certaines maladies génétiques orphelines. Elle avait aussi habilement, et avec beaucoup d'humour, éludé les questions auxquelles elle ne pouvait répondre, non pas par incompétence, mais parce qu'elles touchaient au sacro-saint « secret-défense ». En particulier, quand on lui avait demandé si les ADN féminins et masculins fusionnaient de la même manière lors de la reproduction, elle avait répondu :

— Il y a des différences, mais elles sont mineures. En revanche il n'y a pas besoin d'être linguiste, ni prix Nobel de génétique pour noter que dans le mot 'Woman', il y a le mot 'Man'.

Cette référence rassembleuse avait séduit la salle qui l'avait chaudement applaudie.

Quand Christian 3776 l'avait accueilli debout à la première table devant le podium, il était déjà follement amoureux de cette belle et intelligente rousse irlandaise.

Malheureusement, il n'avait guère les attributs du séducteur type. Sa taille moyenne, ses cheveux bruns un peu dégarnis laissant deviner une calvitie précoce et un début d'embonpoint, léger mais incontestable, ne lui permettait pas de postuler au titre de sex-symbol. Les femmes ne se retournaient d'ailleurs pas sur lui dans la rue.

Mais il ne laissait pas indemne femme et homme qui se trouvaient en sa présence. Incroyablement charismatique il avait une capacité rare à convaincre et susciter l'adhésion à ses idées. En parallèle il faisait naturellement preuve d'une empathie qui vous faisait ressentir que seul comptait, pour lui, ce que vous lui

239

disiez et que rien d'autre au monde ne pouvait l'atteindre quand il vous accordait son attention. Et la raison pour laquelle il vous le faisait ressentir, c'est parce que ce que vous disiez comptait réellement pour lui !

Il offrait de surcroît une palette de convictions courageuses qui ne pouvaient laisser indifférent et qu'il tentait courageusement de promouvoir au sein de Man-Up !, ONG qu'il avait montée de toutes pièces.

Il l'avait remerciée, un peu perturbé de l'effet qu'elle avait sur lui :

— Je vous sais gré d'avoir accepté de venir soutenir notre effort en faveur des pensionnats. Je sais que c'est pour vous délicat, en votre qualité de scientifique affiliée au gouvernement.

— C'était une première, pour moi, de parler pure langue de bois pendant vingt minutes. J'ai eu l'impression d'être dans la peau d'un politicien et ressens le besoin urgent de prendre une bonne douche.

— Vous vous en êtes très bien tirée SHE Sullivan, avait-il dit en souriant.

— Kate, je vous en prie.

Cela avait été au tour de Christian 3776 de passer sur l'estrade pour son discours, sous des tonnerres d'applaudissements. Il était l'homme public le plus populaire de la Côte Ouest juste derrière SHE Garcia (qui techniquement était la femme publique la plus populaire).

Les hommes étaient peut-être une caste inférieure mais c'est Christian qui avait osé prendre, à la fin du repas, l'initiative de lui proposer d'aller prendre un verre au bar de Morgan's. Kate lui avait souri gentiment :

— Vous voulez que je perde mon job ?

— Si vous perdez votre job parce que vous prenez un verre avec moi, c'est que ce n'est sûrement pas le bon job.

— Touchée !

— De toute façon, je ne veux que vous soutirer vos secrets.

— Vous n'y arriverez pas, j'ai eu un entrainement intensif de la part du FBI.

— Je ne parlais pas de vos secret professionnels avait-il précisé.

— Ah…avec plaisir alors, avait-elle fini par répondre après une courte hésitation qui avait paru une éternité au leader de Man-Up !.

La même émotion envahissait Christian dès qu'il repensait à cette soirée. Vers 23h, elle lui avait dit dans l'oreille « si nous n'avons pas le droit de parler reproduction, nous pouvons peut-être passer aux travaux pratiques, non ?» Il avait recraché le mojito qu'il buvait mais ne s'était pas fait prier, alors que les

241

quatre gardes du corps qui l'accompagnaient partout se dispersaient dans l'hôtel pour le sécuriser.

Il était amoureux fou de cette fille et voulait des enfants d'elle. Et voilà que ces décisions imbéciles du Harem l'autorisaient, elle, à aller chercher avec un autre les enfants qu'il ne pouvait lui donner, sans lui permettre, à lui, de faire appel à la reproduction clonique nominative. C'était un véritable supplice !

— Macdonald sera sur ligne sécurisée à 19h lui dit Calvin, son assistant, en l'interrompant dans ses pensées.

Il acquiesça de la tête et repensa à Kate. Quelle ironie du sort qu'il tombe amoureux de l'une des stars de la génétique de l'université de Stanford. Quelle magie également. C'était le genre de chose que les SHE ne pourraient jamais contrôler. Le lendemain de leur rencontre, elle avait, il le savait car c'était la procédure légale pour une accrédité secret défense, informé le FBI de son engagement avec un membre de Man-Up !.

Cela n'avait rien changé à son travail car elle était tout simplement indispensable, scientifiquement parlant. Elle avait juste été exclue de certaines réunions où était discutée l'utilisation des découvertes des labos génétiques de Stanford.

Stanford. Il était fort surpris des informations qu'il avait obtenues hier, d'un des gardes de sécurité qui officiait à l'entrée du laboratoire numéro 1 (aucun homme n'était autorisé dans le laboratoire numéro 2). SHE MacDonald V avait été retenue à l'entrée, officiellement pour mauvais fonctionnement de l'analyseur d'ADN.

Que venait-elle faire ? Et surtout pourquoi n'avait-elle pas pu entrer ? Le garde avait été catégorique que Kate assistait à l'incident. Elle ne lui en avait pas parlé, ce qui était normal car ils avaient d'un commun accord mis des cloisons étanches entre leurs vies professionnelles et leur vie privée commune. La venue de la fille de la secrétaire d'Etat ne pouvait pourtant pas être une mission officielle car, dans cette hypothèse, les contrôles de sécurité auraient été confidentiels et un raté de ce type, impossible.

Quelle histoire intrigante !

Christian avait aussitôt donné l'ordre que toutes les preuves dudit incident disparaissent immédiatement et, à l'heure actuelle, personne ne pouvait prouver que la fille de la secrétaire d'Etat s'était présentée à Stanford et encore moins qu'elle avait failli le test.

SHE MacDonald était la « meilleure ennemie » de Man-Up ! et une telle information l'aurait affaiblie et même probablement, forcée à démissionner. Or elle était le seul interlocuteur fiable dans le Harem. SHE Garcia était trop marquée progressiste, et les autres n'avaient pas assez de poids pour influencer les décisions. Et puis, si, au final, affrontement il devait y avoir, mieux valait affronter SHE MacDonald. Pour une belle corrida, il fallait un taureau puissant !

Kate avait installé Christelle dans la bibliothèque de la faculté des sciences de Stanford le jour de l'incident au labo et elles étaient convenues de déjeuner ensemble. Plus personne ne lisait de livres depuis cinquante ans, mais les universités gardaient des bibliothèques qu'il aurait plutôt fallu rebaptiser 'salles de travail'.

Son Navajo de scientifique, ou scientifique de Navajo, l'avait abandonnée devant le portail de sécurité après l'avoir embrassée en rigolant :

— Cela fera toujours un examen que tu n'auras pas réussi à passer. Je suis surchargé pour mon dernier jour. Tu veux que je t'appelle un Speedocab et que je passe te chercher ce soir pour aller à l'aéroport ?

Elle avait essayé de travailler sur la culture navajo mais n'avait pas pu se concentrer en dépit de l'intérêt du sujet. Vers midi-trente, Kate l'avait rejointe, comme promis, et elles avaient marché jusqu'à la cafeteria, sous le soleil californien.

— Je ne savais pas que tu étais la fille de SHE MacDonald s'était-elle étonnée.

— Atsa ne te l'avait pas dit (elle s'était confiée à lui à contre cœur avant de partir à San Francisco tétanisée par la peur qu'il ne change d'avis) ?

— Non. Tu auras peut-être remarqué que ton aigle navajo est économe de ses mots.

C'était vrai et elle aimait beaucoup ça, car ce qu'il disait n'en avait que plus de valeur. Elle aimait aussi beaucoup qu'il n'ait pas jugé bon de partager cette information avec Kate, qu'il estimait pourtant énormément, et ceci alors que Christelle ne l'avait pas particulièrement tenu au « secret ».

— C'est l'une des nombreuses choses qui m'attirent chez lui.

— Je ne peux pas te jeter la pierre avait-elle approuvé en rigolant. Je suis désolée de n'avoir pu te faire entrer ce matin. Ces procédures de sécurité sont incontournables même quand les machines déconnent.

Christelle lui avait souri. Atsa savait décidemment bien choisir ses amies.

— Vos travaux avancent bien ? Atsa avait l'air préoccupé hier soir.

— Disons que les choses ne sont pas simples. La reproduction clonique a peut-être sauvé l'espèce et pavé le chemin pour soigner des maladies dites orphelines, mais elle a aussi fait apparaitre des nouveaux défis. C'est sur ces problèmes que je travaille.

— Wow, intéressant. Cela semble plutôt prometteur pour la thèse d'Atsa, non.

245

— Oui pour son sujet sur les problèmes génétiques des Navajos, c'est prometteur. Mais Atsa n'est pas du genre égoïste et ne fait pas semblant de ne pas voir quand il rencontre de nouveaux problèmes d'envergure.

Ce même jour, Atsa et Christelle était sur le vol de 20h pour Farmington qui, étonnamment, avait décollé à l'heure de l'aéroport de la Bay Area. Christelle riait intérieurement de voir son aigle ténébreux engoncé dans ce siège ridiculeusement exigu dans lequel même elle se sentait à l'étroit. Elle avait appuyé sa tête sur son épaule et lui avait demandé :

— Ta *Valley* te manque ?

— Enormément, nous y allons samedi ?

— D'accord, ta primate t'accompagne.

— J'ai toujours su que tu n'étais pas très civilisée. Rien de nouveau donc.

— Kate dit que ces analyseurs d'ADN se dérèglent souvent.

Il l'avait regardé pour essayer de deviner si elle croyait ce qu'elle disait et avait répondu, au bout d'une longue minute :

— Ils sont absolument infaillibles et tu le sais bien. Tu n'étais d'ailleurs pas surprise du tout quand ils ont donné les résultats.

— Tu … tu es content ?

Il l'avait dévisagée de nouveau. Sa voix avait tremblé et pourtant elle devait probablement avoir répété sa question, au moins un millier de fois.

— C'est merveilleux, avait-il fini par dire. Bien qu'un peu soudain, je dois l'admettre. Tu n'es pas trop déçue de perdre tous tes droits civiques de SHE. (L'information sur l'abrogation du décret 3 n'avait pas encore circulé)

— Non, avait-elle répondu. Et puis je vais bénéficier des droits navajos n'est-ce-pas ?

— Eh bien oui, avait-il admis en se dégageant un bras au prix d'un effort surhumain, qu'il avait passé autour de son cou. Si tu trouves un Navajo assez fou pour t'épouser.

Christelle soulagée n'avait pu retenir ses larmes au désespoir d'Atsa et en dépit de ce qu'elle s'était promis. Elle aurait tant voulu partager ce bonheur avec sa mère.

Deux jours plus tard, à 20h ET, SHE MacDonald IV était de retour au Harem pour s'entretenir, à sa demande, avec la Présidente.

— SHE Macdonald, vous avez demandé à me voir commença l'autre, glaciale.

— Oui SHE Delaney. Je souhaite partager avec vous des informations confidentielles que je ne pouvais évoquer devant tous les membres du Harem.

— Parlez.

— Les groupes paramilitaires se préparent à l'action à travers tout le pays.

— Nous savons cela et les surveillons, n'est-ce pas ?

— Oui pour ceux qui ont déjà fait parler d'eux. Ils sont dangereux mais ce ne sont pas ceux qui m'inquiètent.

La Présidente ne dit rien. Sa secrétaire d'Etat reprit donc :

— SHE Delaney, pratiquement aucun des meilleurs éléments qui ont quitté l'armée et les services de sécurité dans les cinq dernières années, n'a rejoint ces groupes connus. C'est extrêmement préoccupant. Nous savons que Man-Up ! dispose de ressources paramilitaires et d'experts en communication qui rivalisent avec nos meilleurs éléments.

— Comment est-il possible que nous ne les ayons pas infiltrés ? demanda la Présidente nerveuse.

— Parce que c'est eux qui nous ont infiltrés. Nous ne pouvons pas faire marcher les forces spéciales seulement avec des femmes, comme vous le savez. D'ailleurs nous nous sommes également fait infiltrer dans les structures d'intelligence purement féminines, car 25 % des sympathisants de Man-Up ! sont des sympathisantes.

— Je ne vous félicite pas. C'est votre job de protéger la CNA.

— C'est ce que je fais en venant vous voir

— Comment ça ?

— Garder un pouvoir absolu n'est pas une option viable à long terme, Présidente. Lâchez des libertés aux hommes et vous pourrez conserver le gros du pouvoir, même s'il ne sera pas absolu.

— Vous me demandez de capituler lâcha Delaney alors qu'un rictus nerveux crevassait son visage.

— Non, je vous recommande de négocier d'une position de force qui vous permettra toujours d'avoir un coup d'avance.

— SHE MacDonald, vous êtes en charge de la sécurité intérieure de ce pays. Je compte sur vous pour assurer votre mission. Si ce n'est pas le cas je n'hésiterai pas à vous remplacer.

— N'hésitez pas Présidente, répondit sèchement la secrétaire. Je vais informer SHE Kempten de passer à l'état d'alerte 1. Nous devons informer nos alliés du W 10 des risques encourus et des mesures de sécurités exceptionnelles que nous mettons en place conclut-elle froidement en se levant et en quittant le bureau ovale, sans vérifier si la Présidente, hors d'elle, avait terminé.

249

Elle appela SHE Kempten du Speedo et coordonna avec elle le déclenchement du plan sécurité numéro 1. Concrètement :

-   Annulation de tous les évènements publics non essentiels des membres du Harem et doublement de leur sécurité.
-   Elargissement des paramètres de sécurités autour de toutes les institutions gouvernementales ou étatiques.
-   Renforcement des contrôles autour de tous les centres de transport névralgiques.
-   Plan « sécurité renforcée » dans les grandes villes.
-   Redéploiement de toutes les ressources masculines des forces de sécurité à la défense des écoles et des universités (elles n'étaient probablement pas menacées à ce stade, mais c'était un moyen gracieux d'éloigner les hommes des forces de sécurité des bâtiments gouvernementaux)
-   Ecoutes téléphoniques de tous les membres recensés des groupuscules paramilitaires et des membres des forces armées ayant démissionné dans les cinq dernières années.
-   Alertes des services de sécurité alliés.
-   Activation de tous les mouchards et suivi permanent des hommes 'fichés'.

Lawrence lui ouvrit la porte du Speedo devant l'entrée du FBI, dès que les gardes du corps qui précédaient et suivaient toujours le véhicule de la secrétaire d'Etat, l'y eurent autorisé. SHE MacDonald s'avança vers la porte de l'immeuble puis revint sur ses pas :

— Lawrence ?

— Oui Madame (il l'appelait souvent comme ça).

— J'ai une faveur à vous demander.

— Bien sûr.

— J'ai besoin que vous restiez à la maison quelques jours.

— Pardon fit-il surpris. Il avait conduit SHE MacDonald tous les jours depuis près de dix ans.

— S'il vous plait. Je me ferai conduire par une de mes gardes du corps. C'est très temporaire. Je ne peux pas fixer des règles et être la première à y déroger. Et puis Christelle sera trop contente de vous trouver là, quand elle rentrera.

— Miss Christelle rentre bientôt, dit le vieil homme, le visage tout illuminé de bonheur.

— Je ne sais pas quand, mais quelque chose me dit qu'elle sera bientôt de retour. J'ai d'ailleurs un autre service à vous demander.

La directrice du FBI qui attendait au rez-de-chaussée la fin de sa conversation, l'accompagna ensuite à son bureau, attentive à ne parler que de ce qui était standard dans la procédure de sécurité numéro1 :

251

— J'ai appelé tous les membres du Harem et déclenché la coordination avec les services de sécurité régionaux. L'armée est en état d'alerte, et les hommes sont consignés à leur base, hors cas particulier.

Une fois protégée par les murs, particulièrement sûrs, du bureau de la secrétaire d'Etat, elle ajouta :

— Nous ne tiendrons pas longtemps dans cette situation Karen. Nous sommes en train de nous aliéner tous les hommes qui n'étaient pas encore démesurément hostiles et puis...

— Oui incita l'autre en levant la tête.

— Nous avons perdu la trace de près de deux millions d'hommes, dont les mouchards ne sont plus actifs depuis le test de la semaine dernière. Parmi eux cent-cinquante-mille qui étaient fichés suite à leur démission des forces armées ou de sécurité. Enfin la Côte Ouest collabore à contre cœur. Ça sent la guerre civile tout ça !

— Nous avons encore une carte à jouer mais il ne va pas falloir trainer.

La directrice partie, elle actionna son Google Glass sécurisé. Il était 21h58 et elle savait que sa conversation avec Christian 3776 déterminerait si une catastrophe pouvait être évitée. Elle n'était pas sûre, compte tenu de la tournure des évènements, que ce qu'elle avait dit à la Présidente tenait toujours. Il était bien possible que l'alternative soit maintenant : totale démocratie ou guerre civile.

A 22h *Eastern Time* précises, son Google Glass vibra. Elle le toucha et l'image de Christian 3776 apparut sur fond de Transamerica Pyramid léchée par le soleil californien déclinant :

— Bonsoir madame la secrétaire d'Etat.

— Karen.

— Bonsoir Karen.

— Vous avez souhaitez me parler.

— Oui, dit-il en esquissant un sourire. Vous vous doutez que les pseudo-concessions d'hier soir ne nous laissent aucune alternative, et que nous allons devoir y réagir très, très vigoureusement.

— J'espère que vous ne me menacez pas Christian.

— Non. Je vous informe, dit-il calmement.

— Faites ce que vous devez faire mais souhaitons que vous ne passerez pas le point de non-retour. Ce n'est ni dans votre intérêt, ni dans celui du pays.

— Notre intérêt et celui du pays ne font qu'un, Karen. Je suis sûr que vous en êtes convaincue mais il semble qu'il n'y ait que le Harem à qui cela échappe.

— Quand bien même ce serait vrai, dit-elle, le meilleur moyen d'obtenir vos requêtes n'est pas le conflit frontal.

253

— Conflit frontal je ne sais pas, mais votre harem a grand besoin d'une démonstration de force sans ambiguïté.

— Ne passez pas le point de non-retour !

— Et pourquoi ça ?

— Je pense que la pression peut très rapidement devenir intenable sans tomber dans des extrêmes qui tireront le pays vers le bas.

Christian réfléchit à ce que la secrétaire essayait de lui dire.

— Nous tenons depuis cinq ans nos membres, en dépit de leur impatience, dans les limites de votre loi injuste dans l'espoir d'un changement majeur au bénéfice des hommes. Les décisions d'hier sont une gifle pour ces membres et pour tous ceux, hommes et femmes, qui veulent le retour de la démocratie dans ce pays.

— Ce statu quo n'a pas été unanime, de très loin s'en faut, et j'ai besoin d'un peu de temps pour…

— Huit jours Karen, huit jours ! C'est le dernier délai avant que les répétitions que vous verrez la semaine prochaine ne passent au degré supérieur. Et il y a une condition.

— Dites, concéda SHE MacDonald qui n'avait pas beaucoup d'atouts dans son jeu pour négocier

— Pas d'amalgame. Si les communiqués du gouvernement nous assimilent aux petits belliqueux testostéronés qu'il a contribués à syndiquer dans tous ces groupuscules paramilitaires à la con, le point de non-retour sera franchi, conclut Christian 3776.

La réforme oui, la chienlit non ! Il
faut que cela se sache.

Charles De Gaulle

Chapitre 13-Guerre des sexes

— Qu'est-ce que vous voulez écouter les filles ? demanda
Nascha en s'installant devant le juke-box d'Atsa.

— Un truc gai et entrainant répondit Christelle en vérifiant
l'assentiment des trois autres qui hochèrent de la tête
comme un seul homme.

Etonnamment, le sien d'homme, s'il était à l'avant-garde
des découvertes de la génétique, et s'il était en général tourné
vers le futur, avait néanmoins besoin, probablement pour
maintenir son équilibre, de s'ancrer dans le passé. Son juke-box,
qui devait bien avoir cinquante ans de plus que la Silverado, en
était un exemple flagrant. La musique qu'il contenait offrait un

choix pour le moins rétro puisqu'il ne semblait pas y avoir de morceaux écrit au troisième millénaire.

Nascha choisit Black Magic Woman de Carlos Santana, un guitariste génial du vingtième siècle qui était revenu à la mode comme beaucoup de choses de cette époque. Le juke-box qui fonctionnait avec des CD, une technologie abandonnée soixante ans auparavant, déclencha son bras mécanique qui, tel un robot maladroit des vieux films en noir et blanc, alla chercher le disque le déposa sur son axe rotatif et rabattit la tête de lecture laser.

Nascha avait bien entendu pleuré comme une madeleine quand elle avait appris la nouvelle. Atsa et Bidziil, résignés, n'avait pas compris pourquoi, mais il faut admettre qu'ils n'avaient pas fait beaucoup efforts.

Le jour de leur retour avait été particulièrement heureux. Atsa lui avait demandé de l'épouser le samedi suivant. Elle avait appris la décision du Harem d'abroger le décret Harrison 3, ce qui la confirmait en tant que citoyenne jouissant de tous ses droits (sa mère devait être ravie car elle avait toujours milité pour cette mesure). En fin de matinée elle avait dépensé beaucoup d'argent dans les rares magasins d'aménagement de la maison de Farmington, pour remplacer les verres à moutarde et les assiettes blanches qui constituaient l'essentiel de la

257

vaisselle d'Atsa. Elle était ensuite allé dans le seul salon de beauté 'européen' de Farmington accompagnée de Nascha qu'elle avait tenue à inviter. Enfin, en rentrant, elle avait fait la connaissance des gens qui avaient emménagé au rez-de-chaussée de la maison dont l'appartement d'Atsa occupait le premier étage.

Il s'agissait de trois cadres d'une banque de Chicago, trois jeunes femmes bien sûr. Kendall, Jane et Kelley passaient quelques semaines à NNU pour étudier les codes navajos et faire une recommandation, à leur retour, sur l'utilisation éventuelle de ces codes dans les procédures de sécurités de la banque. Ces codes avaient été rendus célèbres suite à leur utilisation par l'armée américaine durant la deuxième guerre mondiale, cent-cinquante ans auparavant.

Christelle s'était réjouie d'avoir de la compagnie dans la maison. Il était facile de comprendre pourquoi elles travaillaient dans le département de sécurité de la banque, car si elles n'étaient pas très loquaces, elles étaient en revanche très athlétiques, ce qui constituait, pour sûr, un critère de recrutement pour ce type de postes.

Christelle et Nascha avaient d'ailleurs décidé d'inviter les trois femmes à diner ce jeudi soir-là car Bidziil était reparti sur son chantier tandis qu'Atsa dinait avec deux chercheurs de l'institut Pasteur en visite à NNU.

258

Le samedi, ils avaient passé un début de journée merveilleux à Monument Valley et bien qu'Atsa lui ait dit « profites-en car c'est la dernière fois que je te laisse monter à cheval pour les huit prochains mois ». Mais, alors qu'ils revenaient en Speedo, elle avait eu le malheur de regarder les informations nationales sur son Google glass et son sang s'était glacé.

La maison de SHE Van Notten à Milwaukee avait été réduite en miettes. Les six agentes de sécurités et les cinq domestiques avaient été retrouvés menottées dans un Speedo Van de la police, deux rues plus loin.

Les manœuvres militaires prévues dans la mer noire entre les marines américaines et turques avaient été annulées alors que toute la flotte était en mer. Les pilotes US, des hommes en grande majorité compte tenu de l'énorme exigence physique requise pour piloter les F28 embarqués sur les porte-avions, étaient restés à côté de leur appareil, mais avaient refusé de décoller. La nouvelle était dans tous les médias à travers le globe, et la une la plus courante était : « Le colosse aux pieds d'argile ».

SHE Kempten et sa mère devaient être sur dents. Mais surtout, cela sentait l'escalade.

Le dimanche, l'ensemble du système informatique du centre de reproduction clonique de Richmond, en Virginie,

259

s'était effondré. Tout l'historique sur les structures ADN avait été effacé, de même que l'ensemble des informations sur les bébés du centre.

Cela avait peu de conséquences pour les garçons, qui ne connaissaient jamais leurs ascendants, mais cela rendait quasiment impossible le rapprochement des filles avec leurs mères. En effet les ADN à « reproduire » n'étaient pas repartis selon une logique géographique, pour des raisons de sécurité. En résumé, les futures mères ne savaient pas dans quel centre du pays leur demande était traitée. Personne, à part le Comité d'éthique, ne pouvait donc retrouver les informations du centre de Richmond, sauf à admettre l'existence d'un fichier central. L'émotion allait donc être énorme dans le pays, et des millions de femmes allaient ressentir ce que les hommes, eux, vivaient tous les jours.

A midi l'ensemble du système de transit de Chicago avait été immobilisé pour une heure. Il était reparti toute l'après-midi pour s'arrêter de nouveau à l'heure de pointe. La Chicago Transit Autorité fut incapable d'expliquer la cause du problème. La panne fut revendiquée par M.A.N.

L'assemblée de la région Sud à Austin avait explosé quant à elle, à trois heures du matin. Les services de sécurité avaient reçu un appel à 2h55 leur demandant d'évacuer dans l'urgence les bâtiments. Six agents de sécurités furent blessés, dont une sérieusement.

La Présidente Delaney avait accordé une conférence de presse le lundi matin tôt, avant les *morninger news* :

— Mes chères concitoyennes. Nous devons rester calmes et soudées. Le gouvernement de la CNA ne cèdera jamais à la menace. Comme dans toute démocratie, nous respectons les oppositions et les opinions divergentes. Mais la discussion et la négociation, à laquelle nous sommes toujours ouvertes, doivent se faire calmement, et dans le respect de la loi. En attendant, les services de sécurité font des progrès spectaculaires qui leur permettront bientôt d'appréhender les coupables de ces actions terroristes.

Le lundi, Christelle avait appelé sa mère ;

— Tu vas bien ma chérie ? l'avait accueillie celle-ci comme si de rien était.

— Moi je vais très bien mais je me fais un peu de souci pour toi.

— *Just another day at the office my baby.*

— Ça va escalader en guerre civile non ?

— Profite de la vie ma chérie et sois prudente. Donne-moi de tes nouvelles plus souvent.

Ce même lundi les rythme des évènements s'était accélérés.

Le matin, l'université de Princeton avait été privée de courant suite à l'explosion du dispatcher local. Harvard avait été

261

évacuée suite à une alerte à la bombe. La faculté de droit constitutionnel de Yale inaugurée en avril, évacuée suite à un appel à 11h30 et explosa à 11h45.

La mairie de Santa Fé, évacuée puis fermée suite aux irruptions allergiques cutanées spectaculaires qui affectèrent les femmes qui y travaillaient. Un coup de téléphone anonyme incita à purger l'eau dans les circuits, et à ne plus utiliser ces canalisations dans les deux mois suivants. Cette pollution avait marqué la dixième action revendiquée par M.A.N.

A Des Moines, dans l'Iowa, une bande d'hommes armés sous surveillance via mouchards, avaient attaqué une succursale de la *Women' Bank of America*, société revendiquant le fait de ne recruter que des femmes. Les premières victimes de l'escalade tombèrent dans ces échauffourées. Les quatre gardes de sécurité avaient été tués ainsi que sept employées et il y eu quinze autres blessés avant que les forces de sécurité, rapidement sur les lieux grâce à la surveillance du FBI, ne réussissent à venir à bout des attaquants.

Man-Up ! avait dénoncé aussitôt cette action qui avait pris des vies innocentes, tout en reconnaissant l'extrême et dangereuse exaspération que provoquait la position têtue et passéiste du gouvernement. La porte-parole dudit gouvernement avait dénoncé avec la plus grande fermeté la lâche attaque des membres de *Free men* sur d'innocentes employées du privé, et promis d'en châtier les instigateurs.

A 18h, dans le cadre d'une opération d'envergure orchestrée par les services de SHE MacDonald, et encadrée par l'armée, près de sept mille activistes classés dangereux par le FBI avaient été appréhendés à travers tout le pays et mis en détention préventive. Environ deux cents cinquante activistes et trente membres des forces de l'ordre périrent ce jour-là.

A 19h Man-Up ! avait annoncé le déclenchement d'une grève illimitée de ses affiliés dans le secteur de l'énergie, dans l'attente d'un calendrier concret aboutissant à la complète démocratie en CNA.

A 20h, la porte-parole du gouvernement avait tenu à confirmer que la table de négociation avec le gouvernement avait toujours été ouverte et invité Man-Up ! et quelques autres organisations, à venir discuter avec les représentants du gouvernement à Washington, le mercredi. Man-Up ! accepta de rencontrer les émissaires du gouvernement, mais à San Francisco.

A 21h la première ministre du Québec avait annoncé la soumission d'un projet de loi au parlement local (le Québec bénéficiait toujours d'un statut un peu particulier, hérité du passé) proposant le complet rétablissement des hommes en tant que citoyens dans la Belle Province, avant la fin de l'année.

Les cinq femmes, en ce jeudi soir ensoleillé, étaient plongées dans le choix d'une pizza. En l'absence d'Atsa, personne ne cuisinait. Christelle sortit des Corona pour tout le monde sauf elle, et Carlos Santana fit rugir sa guitare dans le juke-box pour accompagner son chanteur qui gémissait « *She got me so Blind I cant se* ».

Le mardi à 4h du matin, le centre de gymnastique dernier cri au centre de Washington, où s'entrainaient, avant d'aller au bureau, tout le gratin des fonctionnaires de la capitale, avait explosé dans un vacarme ahurissant et laissé un nuage de fumée sur la ville, qui persista toute la journée. Un appel au centre de sécurité en avait recommandé l'évacuation complète à 3h50.

Le centre des impôts de Philadelphie lui avait fait un écho lointain et tardif quand il s'était écroulé à 10h du matin, au moment-même où s'ouvrait la réunion exceptionnelle du Harem convoquée par SHE Delaney.

Les Régentes n'étaient pas présentes physiquement pour des raisons évidentes de sécurité, mais assistaient à la réunion par visioconférence sécurisée.

— Nous savons toutes pourquoi nous sommes réunies, avait lancé abruptement la Présidente. SHE MacDonald donnez-nous SVP un aperçu de la situation.

— Schématiquement nous avons quatre ennemis. Un qui nous fait une démonstration de force impressionnante et qui a, jusqu'à maintenant, dosé parfaitement l'impact de cette démonstration. Il s'agit du bras armé, non officiel, de Man-Up !, qui a revendiqué le gros des événements de ces derniers jours sous le nom Military Action Now. Nous disséquons en temps réel leur façon d'agir, avec des résultats plutôt maigres à date. Il s'agit pour l'instant d'une pression politique et de dégâts importants mais purement matériels. Malheureusement, je crains que l'affrontement direct ne vienne rapidement si nous ne satisfaisons pas les revendications de Man-Up !.

— Comment est it possible que vous ne puissiez pas contrer leurs actions ? s'était lamentée SHE Harrison.

— Parce que nous ne pouvons pas emprisonner soixante-dix millions d'hommes. Et que même si nous le faisions, il me resterait à gérer les 25% de femmes qui soutiennent activement la cause des hommes, et que je n'ai pas dans mes fichiers, surtout quand elles sont employées du gouvernement !

— Continuez, avait aboyé la Présidente.

— Le deuxième ennemi auquel nous faisons face est moins malin, plus prévisible mais, plus belliqueux et il n'hésite pas à tuer. Il est constitué d'une myriade de groupuscules paramilitaires masculins plus ou moins organisés. Nous les surveillons, nous avons, illégalement d'ailleurs, enfermé leurs leaders. Mais ils veulent faire mal tout de suite et nous ne pourrons pas toujours les contrer. Le FBI et la police locale ont, par exemple, repoussé une attaque sur une école élémentaire de filles, ce matin, à Madison dans le Wisconsin. C'est la troisième en deux jours.

— Quoi ? avait explosé SHE Van Notten. Comment se peut-il que je ne sois pas au courant ?

— Nous gardons le silence pour éviter de créer la panique. Mais les fuites vont commencer à filtrer rapidement.

— La panique est déjà là, s'était immiscé SHE Weinberg.

Elle avait une apparence de maitresse d'école du début du vingtième siècle, que SHE MacDonald la soupçonnait d'entretenir savamment pour paraitre plus sérieuse. Cheveux noirs en chignon, peau laiteuse, cernes profondément marqués sous les yeux. Ses lunettes (qui portait encore des lunettes ?), sa maigreur, et ses habits gris tristes, la vieillissaient. Pourtant c'était une femme très chaleureuse en petit comité et vraiment attachante pour qui perçait la carapace

— C'est inévitable et ce n'est que le commencement, avait reconnu SHE MacDonald. Notre troisième ennemi, ce sont les opinions publiques. Tous les sondages que nous avons commandés montrent que l'ostracisme anti hommes est perçu comme un problème du passé, qui freine le développement économique du pays. Une large majorité de la CNA est favorable à l'émancipation de ces hommes. Cette majorité devient écrasante sur la Côte Ouest et au Canada.

— SHE Maisonneuve, qu'est-ce que c'est d'ailleurs que cette sortie du Québec hier ? Vous ne tenez pas votre région.

— Non, répondit celle-ci piquée au vif. Ce sont les habitants du Canada qui la tienne par leurs votes ajouta-t-elle dans une critique à peine voilée du mode de nomination de la Présidente. En ce qui concerne le Québec, vous savez comme moi qu'ils ont conservé un statut à part, reconnu, au demeurant, dans la constitution. Ils ne font que l'utiliser.

— Les juges de la Cour ont fait savoir ce matin qu'une émancipation des hommes limitée au Québec, serait inconstitutionnelle.

— C'est un argument à double tranchant, s'était empressée de dire SHE Kowalski. La premier ministre du Québec répète depuis quatre ans que cette constitution est anachronique et n'a jamais été écrite pour durer. Elle ne fait que dire tout haut ce que tout le monde pense tout bas, car un mouvement en faveur d'une révision de la constitution est en cours et devient, chaque jour, plus suivi.

— C'est vrai avait confirmé SHE MacDonald et cela ressort de façon criante de nos sondages. Ce qui est encore plus préoccupant, c'est que les opinions publiques tendent à considérer que l'escalade actuelle est la faute du gouvernement.

— Les peuples ont la mémoire courte, avait lâché la Présidente amère.

— C'est très juste, avait admis la secrétaire d'Etat, et nous en avons souvent profité.

— Et pourquoi diable n'y a-t-il pas eu d'attentat ni en Californie ni au Canada ? avait soudain demandé Van Notten qui vivait maintenant cloitrée dans un appartement aménagé à la hâte dans le QG de la police de Milwaukee.

— Il y en a eu, mais pas revendiqués par M.A.N et sans trop de dégâts. Man-Up ! ne juge pas nécessaire de s'aliéner une population qui, pensent-ils, va mettre une pression insupportable sur des Régentes déjà sensibles à leur cause.

— C'est vrai, avait confirmé calmement SHE Garcia qui parlait pour la première fois. L'assemblée de Sacramento va d'ailleurs mettre au vote, demain, un projet identique à celui du Québec.

— C'est hors de question ! avait hurlé la Présidente.

Le Québec c'était six millions de francophones foldingues et 3% du PNB de la CNA. La Côte Ouest, c'était cent millions d'habitants et la moitié environ de la richesse du pays.

— Rien ne peut l'empêcher, avait renchéri froidement Garcia.

Un silence glacial s'était installé. Chacune analysait la situation. SHE Delaney et SHE Harrison réfléchissaient à comment retourner la situation. SHE Garcia et SHE Maisonneuve se demandaient à quelle vitesse aller, et quel niveau de conflit avec le pouvoir fédéral elles pouvaient s'autoriser. SHE Weinberg et Van Notten se rendaient compte que l'histoire était en marche et qu'il allait donc falloir suivre l'opinion publique. SHE MacDonald pensait quant à elle au temps qui passait et à l'ultimatum de Christian 3776. Les autres secrétaires d'Etat se demandaient comment elles allaient maintenir la machine de l'Etat en marche dans des conditions pareilles.

— Vous avez mentionné quatre ennemis SHE MacDonald ? avait fini par demander SHE Di Lorenzo, qui ne perdait jamais le nord.

— Oui le dernier est…

Le mini écran devant elle s'était mis à bipper, ce qui signifiait « extrême urgence », et en s'adressant à la Présidente :

269

— La sœur de *Justice* Galbraith (membre de la Cour Suprême) vient d'être enlevée avec sa fille par un commando d'hommes armés à Saint Louis. Le FBI a repéré deux des membres du commando via mouchard et les poursuit. Mes équipes demandent le droit de passer à l'assaut.

— Votre avis, avait demandé la Présidente livide.

— Cette opération n'est pas le fait de M.A.N. Ces deux femmes sont mortes si nous ne passons pas à l'action tout de suite.

— Allez-y.

SHE MacDonald avait appuyé son index sur le petit écran qui lut son empreinte et transmit son accord.

— Notre quatrième ennemi, avait-elle repris sans laisser filtrer aucune émotion, c'est le temps : le sommet du W 10 est sensé s'ouvrir, dimanche, à Boston.

— Sensé ?

— Nous devons l'annuler, SHE Delaney. Nous ne pouvons assurer la sécurité de nos invités.

— C'est hors de question, nous serions la risée du monde.

— Nous le sommes déjà. Tous les services de sécurité étrangers vont recommander à leur représentant d'annuler, que nous le voulions ou non.

« *That she's a black magic woman, she's tryin' to make a devil out of me* ». Elles avaient finalement commandé une pizza hawaïenne et une calzone, et attaquaient leur deuxième Corona. Christelle prit Nascha à part :

— Ecris-moi « je t'aime » en navajo, dit-elle comme un enfant qui va faire une bêtise.

L'autre obtempéra et elles firent partir le message à Atsa.

— Oh zut, dit Nascha en gloussant, je me suis trompée cela veut dire « j'ai vraiment envie que tu me b….. ce soir. »

— Très drôle, gémit SHE Macdonald V.

Le mardi après-midi, les affrontements les plus meurtriers avaient eu lieu dans le *downtown* de Manhattan. Quatre Speedo bus de pseudo-travailleurs de chantier bloquèrent simultanément les dernières rues accessibles avant le périmètre de sécurité de Wall Street. Une cinquantaine d'hommes, lourdement armés, attaquèrent frontalement la ceinture de sécurité de la rue, pour essayer de prendre le contrôle de la première bourse mondiale qui, exceptionnellement, suspendit les cours. Ils infligèrent des dégâts considérables à ce premier rideau des forces de l'ordre, qui avaient essuyé leur feu nourri sans aucune sommation.

Les choses s'étaient cependant équilibrées très vite, pour finalement tourner à l'avantage des forces de l'ordre parce que

271

ce scenario avait été prévu, Wall Street étant une cible privilégiée, et un détachement de forces spéciales avait été logé dans les locaux, désaffectés pour l'occasion, de la Citibank voisine.

Les combats furent néanmoins très meurtriers car l'exigüité quasi moyenâgeuse des rues de ce quartier de New York, n'autorisait que les combats mano à mano. Ce fut donc une boucherie. Trente-sept attaquants furent tués, de même que vingt-et-un membres des forces de sécurité et dix-sept civils. Les blessés furent évacués vers les hôpitaux du bas de Manhattan, sans même être dénombrés.

Man-Up ! dénonça immédiatement cette initiative qui ne servait pas la cause des hommes en faisant des victimes innocentes. La porte-parole du gouvernement salua l'action décisive des forces de l'ordre et réitéra que les coupables seraient châtiés.

Ce même soir le Comité d'éthique avait convoqué une conférence de presse pour 9h du matin le lendemain, soit deux heures avant la réunion, finalement prévue à Chicago, entre Man-up ! et les représentants du gouvernement.

Le mercredi avait semblé être sous le signe de l'apaisement. Le Comité d'éthique déclara ce jour-là, unilatéralement, que les procédures de reproduction cloniques avaient été écrites dans l'urgence post-Calamité, et qu'il était temps de les redéfinir. En particulier les « sages »   dévoilèrent qu'ils souhaitaient proposer au gouvernement de lever l'anonymat sur l'origine de l'ADN masculin des garçons. Il se proposait également d'étudier la faisabilité d'une reproduction clonique consentie et non anonyme (c'est-à-dire entre un homme et une femme voulant avoir une enfant ensemble).

A 11h ET les discussions s'étaient engager au Palmer House de Chicago, sous étroite surveillance policière. SHE Weinberg et SHE MacDonald représentaient le Harem. Christian 3776 et quelques leaders d'organisations pro-hommes, plus marginales, étaient de l'autre côté de la table. Sans le savoir le Comité d'éthique venait d'ouvrir la porte à la décision qui pouvait changer la vie du leader de Man-Up !. Il lui fallut beaucoup de ressources pour en faire abstraction et rester intransigeant sur tous les autres points de négociation.

Ce même jour, Christelle était allé rejoindre son Navajo taciturne pour déjeuner au coffee shop qui faisait face au laboratoire de biogénétique de NNU.

— Tu en trouveras beaucoup des hommes qui t'inviteront dans un quatre étoiles de ce calibre.

— C'est sûr, tu sais séduire une femme, avait-elle répondu en essuyant avec des serviettes en papier la table en formica qui laissait apparaitre moult traces douteuses. J'ai faim.

273

— Tiens donc ?

Elle lui avait souri, heureuse. Quelle force tranquille émanait de lui ! Ils avaient pris leur temps pour choisir entre les trois plats qu'offrait généreusement le menu affiché au mur. La serveuse s'excusa car il n'y avait plus de hamburgers. Tant mieux, cela réduisait le choix à deux plats.

Leur commande passée, elle lui avait finalement demandé :

— Tu ne m'as jamais dit ce qui te souciait tant à Sausalito ?

— Non.

Elle l'avait regardé, étonnée.

— Tu ne veux pas me dire ?

— Pas particulièrement, mais j'ai l'impression que ce que je veux ou pas, n'influence que peu le cours de notre discussion.

Elle lui avait souri de nouveau en lui caressant la jambe de son pied déchaussé.

— Trois choses me soucient. D'abord, ma future femme n'arrête pas de me poser des questions et c'est épuisant.

Le pied déchaussé était remonté beaucoup plus haut jusqu'à un endroit que la décence interdit de nommer ici forçant Atsa à reculer sa chaise.

— Laisse tomber, il faut te faire une raison. Tu pourras peut-être résoudre tes trucs génétiques, mais pas ça.

— Admettons. Ma deuxième cause de soucis est ce qui se passe en ce moment dans le pays. C'était écrit et j'ai peur de l'escalade car l'injustice ne tient jamais sur le long terme, et le régime des SHE est parfaitement anachronique.

— Ça te concerne peu ?

— Ça me concerne énormément au contraire. D'abord parce que je suis un être humain avant d'être navajo, et ensuite parce que je ne veux pas que ma femme et mon fils ou ma fille vivent dans une dictature en guerre civile.

— Tu sais, je crois que la situation sera très vite intenable, et que les choses vont basculer d'un côté ou de l'autre dans peu de temps.

— Elles ne peuvent basculer que dans un sens. Espérons que cela se fasse vite et sans trop de sang versé.

Elle lui avait pris la main en l'interrogeant du regard.

— Ma troisième cause de souci c'est ce que le travail dans le laboratoire de Kate a confirmé.

— C'est-à-dire ?

— Je te montrerai tout à l'heure au labo, avait-il conclu en attaquant son ragoût de mouton.

Le laboratoire de génétique de NNU était logé dans un méchant bâtiment qui avait pour seule qualité d'être discret. Le portail de sécurité ressemblait comme deux gouttes d'eaux à celui de Stanford mais les lois navajos s'y appliquaient.

275

Christelle dut donc faire une reconnaissance rétinienne, mais personne ne trouva rien à redire à son statut de primate, statut qu'elle partageait avec la quasi-totalité des laborantins et des étudiants. Ces derniers l'avaient néanmoins regardé passer avec intérêt, non pas en raison de sa blondeur, mais parce qu'elle accompagnait Atsa qui semblait bénéficier, au minimum, d'un statut de demi-dieu.

Ils avaient rejoint un bureau caché en coin, assez agréable car bien illuminé. Pour ce faire ils eurent à traverser un étage envahi de machines toutes plus sophistiquées et hermétiques les unes que les autres, qui semblaient constituer la garde rapprochée d'Atsa et le protégeaient des enquiquineurs.

— Bienvenue chez moi avait-il plaisanté en lui faisant signe de s'assoir.

— Alors tu m'expliques ?

— Je t'expliquerai plus tard si tu veux mais pour l'instant je vais plutôt t'illustrer, car il faut que je t'abandonne dans dix minutes.

Il avait sorti un petit appareil photo numérique et photographié Christelle, qui s'était relevé les cheveux et avait bombé le torse.

— N'essaie pas de m'exciter avait-il lâché tout en imprimant la photo, je reste de marbre.

Il avait photographié la photo de Christèle qu'il venait d'imprimer et imprimé cette nouvelle photo. Il avait renouvelé quatre fois l'opération. Il avait placé les six photos côte à côte et Christelle s'était rapprochée pour regarder. Il fallait reconnaitre que cela valait mieux que n'importe quelle explication. La première photo à gauche, l'originale, lui avait bien plu, même si elle jugea avoir pris du poids. La deuxième n'était pas mal non plus, bien qu'un peu plus terne et un peu floue. Dès la quatrième, on avait du mal à reconnaitre les traits de Christelle. La sixième était vraiment dure à cerner, et on ne pouvait presque pas distinguer les formes et les couleurs.

— Tu comprends ? avait-il repris en fixant Christelle de ses yeux noirs incroyablement pénétrants.

— Tu veux dire que l'ADN se dégrade après plusieurs reproductions cloniques.

— Exponentiellement, avait-il confirmé sombrement.

— Oh ma déesse, comment se fait-il que ce ne soit pas connu ?

— A ton avis ? avait-il rétorqué cynique.

Cela faisait effectivement des raisons valables d'être préoccupé, avait dû reconnaitre Christelle.

— Mais il y a une bonne nouvelle, avait poursuivi Atsa en craignant d'avoir trop effrayé sa belle Américaine.

— Dis-moi ?

— Ce phénomène n'existe pas dans la reproduction sexuelle d'où la survie de notre espèce depuis si

277

longtemps. Et si tu imagines la dégradation de l'ADN comme la corrosion d'un métal, il semble que la grossesse ait un effet anticorrosif sur les mères, avait-il dit en posant sa main sur le ventre de Christelle.

— Ça veut dire que tu vas me faire plein de petits Navajos ?

— Tu peux y compter.

Ce mercredi soir, l'assemblée de la Côte Ouest, à Sacramento, avait annoncé, sans même attendre le résultat des discussions de Chicago, qu'elle se positionnerait sur un texte visant à émanciper les hommes vivant dans la région depuis plus d'un an, dans le courant du mois de juin. La Cour Suprême avait émis une heure plus tard un communiqué clarifiant que cette loi serait inconstitutionnelle, car en conflit avec l'article 1.

Interrogée par des journalistes à l'issue d'une soirée de charité au City hall de Los Angeles, SHE Garcia IV, résolue, avait déclaré :

— La question de la constitutionalité est absurde et hors sujet. Si le vote d'une assemblée souveraine, élue démocratiquement, est en conflit avec l'article 1, alors il faut changer l'article 1. Cette constitution de crise a été rédigée sous le principe qu'elle était appelée à être temporaire. Le testament est limpide à ce sujet, elle doit aujourd'hui être revue. Dans une démocratie ce sont les citoyennes et les citoyens qui décident et les assemblées qui formalisent les lois pour les servir. C'est ce que fait courageusement l'assemblée de la Côte Ouest. Si le Harem en prend ombrage, je démissionnerai du Harem. Et les femmes et les hommes de la Côte Ouest prendront leurs responsabilités.

Elle était déterminée, tournée vers le futur et forte du soutien en titane de ses électeurs. C'était une femme qui passait inaperçue, une femme comme les autres qui ne tirait jamais la couverture à elle, mais servait les habitants de sa région avec une volonté de fer.

Ce même jour, au sortir des négociations de Chicago à 22h, SHE Weinberg avait commenté pour le gouvernement :

— Nous avons abordé tous les sujets, sans tabou, comme il se doit en démocratie. Nous avons pu confirmer des mesures concrètes, qui pourront être mises en place rapidement, concernant la reconnaissance de paternité des garçons, et que la situation de crise post-Calamité n'avait pas rendues possibles. En matière des droits des hommes, nous trouverons probablement, là-aussi, une solution, dans le calme et le respect des lois. Les obstacles sont un peu plus ardus sur ce thème, en particulier le respect de la constitution écrite par SHE

Delaney. Nous sommes convenus de nous revoir vendredi à San Francisco.

Christian 3776 avait fait, lui aussi, son résumé du bilan de la journée.

— En accord avec les autres organisations démocratiques pro-hommes, je tiens à remercier SHE MacDonald et SHE Weinberg pour leur candeur et leur esprit constructif. Nous apprécions le geste du gouvernement visant à reconnaitre la paternité des garçons, et avons obtenu qu'il soit rétroactif. Cependant ne nous trompons pas d'objectif : l'objectif final c'est la vraie démocratie et la reconnaissance de l'intégralité des droits des hommes. Et de ce point de vue-là, nous n'avons rien entendu de concret de la part du gouvernement.

SHE MacDonald avait aussitôt appelé la Régente de la Côte Ouest en découvrant les propos qu'elle avait tenus :

— Tu annules tous tes voyages jusqu'à dimanche.

— Dis donc, pour quelqu'un qui a un nom de fast-food, tu te prends bien au sérieux !

— Je ne plaisante pas. Je ne peux pas me permettre un attentat contre toi en ce moment.

— Tu crois que tu vas arriver à quelque chose ?

— Ça se présente bien.

— OK jusqu'à dimanche. Mais je n'envisage pas de me taire.

— A l'impossible nulle n'est tenue. Tu peux parler de tout ton soûl.

— OK. Tiens-moi au courant.

La journée de jeudi avait prouvé qu'une journée de pose n'était pas toujours bénéfique.

L'électricité avait été coupée aux Nations unies dès 9h, suite à quatre explosions simultanées sur le réseau électrique qui fournissait ses bâtiments sur l'East River, à New York. La CNA fut raillée par tous les médias internationaux. The Guardian, le site anglais d'information titra par exemple : *No more power for the powerful CNA.*

Une grève de 12h s'était déclenché, sans le préavis légal, parmi tout le personnel de maintenance de Pearl Harbor, la plus grande base navale américaine, située à Hawaï. Tous les bâtiments étaient restés consignés à quai.

Dans la matinée, une attaque armée contre l'université de Toronto (seule université non mixte au canada) avait fait deux victimes étudiantes et plusieurs blessés même si les forces de sécurité réussirent à bloquer l'accès du campus à la vingtaine d'assaillants. Ces derniers furent en majorité appréhendés, deux ou trois s'échappèrent, et sept furent abattus. White Men semblait être à l'origine de l'assaut qui n'avait pas été revendiqué.

A midi, les négociateurs étaient convenus de se retrouver à San Francisco, au Presidio, vers 21h Pacific Time, le lendemain.

A 14H le Président de l'assemblée régionale à Toronto avait déclaré qu'un projet de loi identique à celui du Québec serait soumis au suffrage des représentants canadiens.

A 15h le musée SHE Delaney à Little Rock avait reçu une alerte à la bombe. Alerte justifiée car il partit en fumée à 15h10 en blessant une vingtaine de pompiers.

A 16h une clinique, exclusivement pour femmes, d'un quartier huppé de la Nouvelle Orléans, avait été envahie par une dizaine d'hommes armés. Cinq gardes et sept patients furent tués dans l'explosion de deux grenades. L'intrusion des hommes armés avait donné lieu à un siège qui durait encore le lendemain, quand les négociations commencèrent.

A Fort Lauderdale, en Floride, un commissariat de police avait attaqué à l'arme lourde par un commando exotiquement surnommé « Los Machos ». Le nom, pourtant comique, ne fit rire personne car six officiers de police furent tuées et on compta de nombreux blessés. Des membres du commando avait été arrêtés sans ménagement, par le FBI, dans la soirée.

A partir de 18h, Boston, qui s'apprêtait à accueillir le W 10, avait été l'objet de dix-sept attentats successifs. La première vague vers 18h15 consista en l'incendie simultané des trois plus grands hôtels de la ville. La journée fut couronnée, vers 2h du matin, quand un gigantesque porte-conteneur chinois coula, à la suite de plusieurs explosions, juste en dessous de l'échangeur du Massachussetts, bloquant l'accès au port intérieur de boston, au Charles River et au Mystic River. L'aéroport Logan connut, à partir de 18h, une alerte à la bombe tous les quarts d'heure, et le trafic aérien fut finalement totalement interrompu vers 20h. Enfin, Le M.I.T, où devait se dérouler le W 10, et le campus d'Harvard, avaient été fermés jusqu'à nouvel ordre.

Christelle regardait, par la baie vitrée, le soleil qui déclinait lentement, en ce jeudi de fin mai. Elle n'en revenait pas des bouleversements qui avaient bousculé sa vie depuis qu'elle avait vu pour la première fois un coucher de soleil sur la terre navajo, quelques semaines auparavant, à côté d'un grand indien qui lui avait mis la main au panier pour la faire monter sur SHE Horse.

La vue était incontestablement plus belle ce jour-là à Monument Valley, car aujourd'hui, l'horizon, déjà plutôt morne, de l'ouest de Farmington, était en plus obstrué par un de ces horribles et mastocs Speedo Bus qui s'était garé de l'autre côté de la rue. Probablement un tour opérateur pour touristes pingres, qui essayait de grappiller trois francs six sous en ne payant pas les parkings couverts de la ville.

Elle se rassit à côté de Jane qui sirotait sa Corona et fixa de nouveau son attention sur la musique

283

Yes you got your spell on me baby

Turning my heart into sto...

La vitre du juke-box éclata soudainement, dans un vacarme épouvantable de verre cassé et de bruit de balles en rafale.

Jane se jeta sur Christelle sans ménagement et la cloua au sol, Kendall en fit de même avec Nascha, tandis que Kelley plongeait sur le juke-box, qu'elle ouvrit pour en tirer un sac boudin dont elle sortit deux grenades. Elle en lança une à Jane et dans le même mouvement déclencha la sienne et la jeta par la baie vitrée en direction du Speedo bus.

Il ne s'était pas passé plus de dix secondes depuis la première rafale. L'explosion de la grenade arrêta pour un instant le feu nourri qui avait dévasté l'appartement d'Atsa. Cela fut suffisant pour que Kelly, parlant au bracelet de son poignet droit, répète :

— 212 sur 505. Speedo bus de l'autre côté de la rue

— 212 sur 505. Speedo bus de l'autre côté de la rue. *Do you copy ?*

— Copy 505. Renforts sur place dans quarante-sept secondes répondit le bracelet.

Les rafales reprirent de plus belle. Jane envoya à son tour sa grenade qui, cette fois, ne déclencha pas d'explosion sonore mais un intense rideau de fumée. Kelly distribua trois pistolets mitrailleurs sortis comme par magie de ce sac boudin plein de ressources.

Kendall braqua son pistolet face à la porte d'entrée tandis que les deux autres se positionnaient aux deux extrémités de feu la baie vitrée. Elles savaient qu'elles ne pouvaient pas gagner cette bataille et qu'elles allaient sûrement y rester, mais il fallait à tout prix tenir encore vingt-huit secondes, quelques soient les armes qui leurs étaient opposées. Kelly lâcha une rafale à l'aveugle en direction du Speedo bus.

Entre les nuages de fumée, elle aperçut avec difficulté un nouveau Speedo qui s'arrêtait à l'entrée de la rue, sur la droite. Il en sortit deux hommes en tenue militaire. Les rafales en provenance du Speedo Bus recommencèrent, moins précises à cause de la fumée, mais Kelly surveillait maintenant les deux types qui venait de sortir quelque chose de long de la voiture, qu'elle ne pouvait pas bien distinguer à cause de la fumée. Il restait dix-neuf secondes avant l'arrivée des renforts.

— Jane, hurla-t-elle en reconnaissant le bazooka Falcon.

Sur le sol, dans la

Cuisine !

Les deux amies se retrouvèrent à plat ventre derrière le bar d'Atsa et Jane s'allongea sur Christelle. Kelley se précipita sur le sac magique pour reprendre une grenade mais elle comprit qu'il était trop tard au bruit insoutenable que fit l'explosion, derrière elle.

285

Le pouvoir pervertit, même les femmes.

SHE Delaney II

Chapitre 14-24H de la vie d'une SHE

La nouvelle du décès de SHE MacDonald V se répandit comme une trainée de poudre dans toute la CNA, même si le gouvernement ne la confirma pas. A 6h du matin, SHE Weinberg annonça que toutes les négociations étaient interrompues, au vue des événements.

A 6h30 du matin la Présidente appela sa secrétaire d'Etat au siège du FBI et se fit dire que SHE MacDonald n'était pas en état de répondre et qu'elle la recontacterait un peu plus tard. Tous les membres du Harem reçurent la même réponse, SHE Garcia y compris : SHE MacDonald n'était pas disponible. La directrice du FBI les informa néanmoins que tout était en cours pour que les commanditaires de cette odieuse attaque soient appréhendés dans la journée. Et elle ne mentait pas.

— Karen ? demanda Christian 3776

— Oui, répondit froidement SHE Macdonald. Il était 7h00.

— Dites-moi que votre fille est saine et sauve ?

La secrétaire d'Etat ne lui répondit pas mais reprit, glaciale :

— Christian, donnez-moi très vite une bonne raison de ne pas faire raser par l'armée le 1012 Market Street ainsi que toutes les branches de Man-Up ! dans le pays.

— Madame la Secrétaire, nous n'avons rien à voir avec l'attaque contre votre fille. Tuer sciemment des innocents n'est pas dans nos méthodes, et je vous ai garanti qu'il n'y aurait pas d'escalade de notre part avant dimanche. Comment va votre fille ? demanda-t-il de nouveau.

S'il perdait MacDonald comme interlocuteur, l'escalade en question deviendrait inéluctable et probablement bien avant dimanche.

— Comment êtes-vous au courant ? se contenta de demander SHE Macdonald toujours aussi froide, sans lui répondre.

— Les deux ex-Navy Seals qui ont détruit le Speedo Bus d'où venait l'attaque contre votre fille, sont des

287

membres de Man-Up ! que nous avions attaché à sa surveillance depuis son retour à Farmington.

Toutes les forces de sécurité de la ville étaient à leur recherche depuis que l'agent du FBI Kelley McAuliffe avait transmis leur signalement. Visiblement cette traque n'aurait pas dû être la priorité du moment.

— A sa surveillance ? interrogea-t-elle en trahissant un peu son soulagement.

— Je ne connais pas votre fille, Karen, même si j'en ai entendu parler en bien. En revanche il n'y a pas besoin d'être un grand stratège pour comprendre que la meilleure façon de saboter nos négociations, c'est de s'en prendre à elle.

Elle réfléchit.

— Ordonnez à vos deux Navy Seals de se rendre avec leur bazooka Falcon. Qu'ils demandent l'agent McAuliffe, Calvin vous transmettra ses coordonnées.

— Leur garantissez-vous l'immunité ?

— Non.

Christian 3776 sentait néanmoins que la secrétaire s'était calmée.

— D'accord, ils seront au commissariat central de Farmington dans les deux heures.

Un silence s'installa mais ni l'un, ni l'autre, ne prit l'initiative d'abréger la conversation.

— Karen, si la démocratie n'est pas déclarée dans ce pays dimanche soir, ce sera la guerre civile. Pour de bon, cette fois.

— Elle le sera lâcha SHE MacDonald.

Son ton catégorique surprit Christian 3776. Il conclut l'entretien en lui disant mystérieux :

— Je vous incite à investiguer la mafia russe de Pittsburg.

— Moi je vous incite à accroitre la sécurité de votre siège de San Francisco avant 11h aujourd'hui, répondit-elle du tac-au-tac sans marquer le moindre étonnement. Et gardez-moi votre créneau de 22h ce soir, en dépit de ce qu'a dit SHE Weinberg

Bizarrement l'appartement avait tenu bon. En revanche quand Kelley s'était retournée, elle avait vu un énorme nuage de flammes à l'endroit où était garé, quelques secondes auparavant, le Speedo Bus des assaillants.

Les deux hommes qui avaient sorti le Bazooka un instant auparavant semblaient avoir disparu. Quatre secondes plus tard, trois Speedos van bouchaient la rue et deux hélicoptères survolaient la scène. Sept secondes plus tard, devant la porte, on avait entendu une voix de femme qui disait :

— 505, secteur sécurisé, code 307. *Do you copy 505 ? Do you copy 505 ?*

— Kelly, faites pas chier et ouvrez cette porte, on sait tous que vous êtes increvable, avait rugi une voix masculine, que Christelle avait tout de suite reconnu.

Kelley n'avait pas fait chier et avait ouvert au lieutenant Vercheux, le chauffeur-garde du corps détaché par le FBI à la protection de SHE Mac Donald V pendant toute son adolescence. Il ressemblait à un acteur du siècle passé : Lawrence Fishburne. C'était un grand noir musclé et félin avec qui on n'avait pas envie d'être en désaccord, bien que ses rares cheveux, maintenant blanchis, trahissaient qu'il aurait déjà dû être à la retraite depuis longtemps.

Mais ce soir-là, en pénétrant dans ce qui restait de l'appartement, il n'était pas fier. Il avait interrogé Kelley du regard et s'était précipité derrière ce qui restait du bar en murmurant :

— Princesse ?

— Lawrence, avait répondu la voix d'une Christelle recouverte de poussière de plâtre, que Jane et Nascha aidaient à se relever.

SHE MacDonald rejoint la directrice du FBI, Debbie, qui avait fini de faire le cerbère et qui lui transmit son rapport :

- Les analyses ADN des sept types déchiquetés dans le Speedo Bus ont parlé et pointent toutes vers la même direction. Des ex-détenus de droit commun, membres intermittents des mafias russes de Pittsburg et de Cleveland.

- Les services de sécurité de la région Sud, à laquelle appartient Farmington, ont, tout comme le FBI, reçu immédiatement l'information de la localisation de Christelle, dès qu'elle a acheté la vaissele le vendredi. Elle a demandé à être livrée et a donc laissé son adresse.

- Si aucun lien n'a été mis en évidence entre Man-Up ! et la mafia russe, deux des assaillants de Farmington avaient été exclu récemment de la branche de Pittsburg de l'ONG.

- Le Speedo Bus a été loué pour trois jours à Santa Fé, et payé en cash. La réservation a été faite mardi via un Google glass, déclaré volé à la police, une heure avant. Les assaillants sont arrivés de Pittsburg via Denver le mercredi dans la journée.

- Le parrain de la mafia russe de Pittsburg est introuvable mais tout ce qui se fait de malfrats dans la ville est interrogé par le FBI.

- L'un des assaillant a annoncé à sa 'fiancée' dès mardi après-midi, qu'il serait absent pour quelques semaines.

291

— Que le chef de station contacte le représentant de la branche de Man-Up ! à Pittsburg et lui donne le non des six assaillants ainsi que toutes les informations dont nous disposons sur eux, mais rien que cela.

— Mais Karen…

— Fais-le ! Tout de suite et discrètement.

La directrice hocha la tête. On ne discutait pas longtemps avec SHE MacDonald et ses intuitions étaient, en général, fondées.

Il était aussi vrai que le chef des opérations de Man-Up ! avait appelée Debbie au milieu de la nuit pour proposer une complète collaboration dans la résolution de l'attentat, et en annonçant l'annulation de toutes les opérations prévues ce vendredi, grèves mises à part.

Debbie reprit l'énumération des informations connues à date :

- Yes SHE ! pourrait être à l'initiative de cette attaque. (Yes SHE ! était un organisme paramilitaire extrémiste pro-SHE et farouchement anti-hommes, qui militait contre toute nouvelle liberté favorable à ces hommes, et en faveur de la reproduction clonique pure. L'organisation dont le nom singeait la réponse criée par les militaires à leur supérieurs au temps des hommes tous puissants, ne comptait 'que' cent-mille adhérentes, mais bénéficiait de soutiens financiers considérables. L'organisation aurait été la première bénéficiaire de l'arrêt des négociations). Cependant, toutes nos agents infiltrées confirment qu'aucune opération n'était prévue, qu'aucun fond n'a transité vers Pittsburg, et qu'aucun retrait de cash correspondant au montant colossal qui a dû être versé à la mafia, n'a été effectué. Finalement leur leader, Clara Horfelt fut abasourdie quand elle apprit la nouvelle, même si elle s'en est réjouie depuis.

- Votre fille a déjeuné jeudi dernier avec Kate Sullivan qui collabore avec Atsa Haskie depuis deux ans. Compte tenu de la relation personnelle de la scientifique de Stanford avec Christian 3776, Man-Up ! savait probablement où le couple vivait dès vendredi.

Karen MacDonald s'autorisa un sourire bien qu'elle n'eut aucune envie de rire, en entendant l'expression « le couple ». Sa petite fille vivait donc en couple avec un sauvage à Farmington. Un sauvage qu'elle avait trouvé, en l'occurrence, civilisé, intelligent et très lucide, quand elle avait reçu son appel, il y avait tout juste une semaine :

— Madame MacDonald ?

— Oui ?

293

— Mon nom est Atsa Haskie. Il est probable que vous ayez déjà entendu parler de moi. Je suis le futur mari de votre fille Christelle.

— Enchantée, avait-elle dit un peu surprise. Elle avait certes entendu parler du chercheur navajo que sa fille accompagnait à Stanford. En bien d'ailleurs. Une sommité de la génétique qui n'emmerdait personne, qui était un des scientifiques les plus respectés de la Nation navajo, et un des plus prometteurs de toute la CNA si on en croyait les experts du FBI et du Comité d'éthique. Mais elle ignorait le « détail » du mariage. Elle avait voulu que sa fille choisisse le cours de sa vie et, visiblement, elle ne s'était pas fait prier.

— Madame la secrétaire…

— Karen

— Karen, Christelle a perdu, depuis quelques jours, toute prudence. Cela signifie que trop de gens savent où elle vit.

— Ne vous inquiétez pas, elle est protégée.

Atsa avait soupiré de soulagement.

— Je lui ai recommandé de vous rejoindre à Washington mais elle m'a envoyé paître.

— Cela n'a rien d'étonnant, elle est têtue comme une bourrique. Vous devriez savoir pourquoi, avait-elle ajouté en riant intérieurement, ce sont ces mélanges d'ADN mal maitrisés.

— Je crois que dans ce cas précis le mélange a bon dos, s'était permis Atsa. Il a même peut-être atténué une certaine hérédité. Avez-vous besoin que je fasse quelque chose ?

— Non, vous avez déjà beaucoup fait. Sachez simplement que nos agents « visiterons » régulièrement votre appartement et que vous êtes vous-même sous protection policière, car vous êtes une cible au même titre que ma fille, j'en suis désolée.

Elle se replongea dans le dossier de Debbie, qui s'était interrompue.

- SHE Van Notten se terre depuis quatre jours dans l'appartement/bunker de fortune qui lui a été aménagé dans les locaux du commissariat de Milwaukee. Ses proches disent qu'elle est en pleine dépression. Elle s'apprêterait à demander à l'assemblée de Cincinnati de mettre au vote, dans le courant du mois de juin, une résolution de même type que celle du Canada et de la Côte Ouest. Elle a également annoncé à ses proches qu'elle ne briguerait pas un nouveau mandat. (cela confirmait l'impression que la secrétaire d'Etat avait eue lors de la dernière réunion du Harem)

- SHE Weinberg a parlé hier à la Présidente, à trois reprises, comme vous le savez, pour préparer le round de négociation.

- SHE Harrison a de son côté appelé trois fois SHE Van Notten dans les deux derniers jours. Elle a également conversé longuement avec la Présidente mardi et mercredi, jour des négociations (ce que SHE MacDonald savait déjà).

SHE MacDonald essayait de relier des points, de combler des trous et d'exclure certaines hypothèses, mais elle pâlit en lisant la dernière phrase, car Debbie avait gardé le meilleur pour la fin :

- SHE Helen Ferguson était à Cleveland lundi matin où elle a rencontré SHE Lauren O'keeffe.

Helen Ferguson était la coordinatrice des forces de sécurité de la région Sud. Lauren était son équivalent pour le Midwest. SHE MacDonald pensait autant de bien de Lauren O'keeffe qu'elle détestait Ferguson, qui, d'ailleurs, le lui rendait bien. C'était trop beau pour être vrai sauf, bien sûr, si personne n'escomptait que le commando d'élite de la mafia russe se fasse réduire en bouillie donnant ainsi, sur un plateau, toutes ces pistes au FBI.

Il était 8h30 du matin en ce vendredi, et aucune nouvelle attaque majeure n'avait été signalée. Le W 10 devait commencer dimanche soir et SHE MacDonald s'était engagée à informer les services de sécurité étrangers de la réalité de la situation, avant minuit, ce même jour.

Elle essaya de faire le point.

Man-Up ! savait depuis le jeudi précédent que Christelle vivait avec Atsa à Farmington. Le timing de l'attaque n'avait aucun sens s'ils en étaient les instigateurs. Trop tôt ou trop tard. Trop tôt car elle sabotait complètement les négociations en cours à un moment où elles avaient encore une chance d'aboutir. Trop tard aussi, car même dans l'hypothèse, peu crédible, où Man-Up ! ne voulait pas voir ces négociations aboutir, il n'y aurait eu aucun sens à attendre une semaine avant de déclencher l'attaque. Enfin, elle était persuadée que les deux Navy Seals qui avaient, au demeurant, probablement sauvé la vie de Christelle, seraient dans moins d'une heure reconnus par Kelley McAuliffe.

Yes SHE ! restait, en revanche, une option possible bien qu'assez peu probable. Le groupuscule aurait pu bénéficier d'une « fuite » des services de polices de SHE Harrison qui lui aurait permis de repérer Christelle. Mais le modus operandi de l'attaque était tout ce qu'il détestait et probablement ne savait pas faire : appel à des ressources extérieures à leur organisation

297

paramilitaire, recours à des hommes, circonstance aggravante d'origine russe, pour tuer une femme ! Et puis l'ensemble de l'énergie de leur logistique semblait concentrée sur une autre opération prévue à 11h, ce matin, contre le siège de Man-Up !.

Qui d'autre ? Qui avait intérêt à attenter à la vie de sa fille ? La secrétaire n'était pas, en tant que femme responsable de la sécurité du territoire, très populaire auprès de la mafia russe, qui aurait pu vouloir tirer parti du chaos actuel pour l'atteindre. Mais, sans chantage préalable, et sans revendication même confidentielle aujourd'hui, cela semblait un acte gratuit et contreproductif.

Il restait les tenantes de la ligne dure au gouvernement qui bénéficiaient bien entendu de l'attaque et de l'arrêt des négociations. Mais ses collègues, en dépit de leurs désaccords fréquents n'auraient jamais osé porter préjudice à sa fille… ne serait-ce que par crainte de représailles… du moins elle l'espérait !

Ladite fille était maintenant en sécurité dans un des endroits les mieux protégés du pays, sa propre maison à Washington. Elle bénéficiait de l'attention personnalisée d'un père poule en la personne de Lawrence qui, pour l'occasion, avait repris son rôle de garde du corps. Il avait également décidé d'assumer, sans en informer SHE MacDonald V, le rôle de cuisinier car il trouvait Christelle pâlichonne et en appétit.

Après avoir parlé à Christelle la veille au soir, elle avait tenté de la convaincre de rejoindre la capitale :

— Je ne peux pas te protéger là où tu es ma chérie. Et je ne peux pas faire face aux événements du moment si je me fais du souci pour toi.

— Je comprends mais maintenant que cette attaque a échoué, personne n'osera plus s'en prendre à moi non ? avait-elle argumenté. Et puis je n'abandonnerai pas Atsa.

C'est son futur gendre qui avait fini par la convaincre, ce que la secrétaire trouvait plutôt vexant d'ailleurs. Il était donc non seulement lucide mais également persuasif semblait-il. C'est une qualité dont il aurait besoin avec sa bornée de fille !

— Je ne peux pas te protéger Christelle et je ne peux pas travailler la peur au ventre avait asséné Atsa.

— Mais, notre mariage ?

— Reportons le d'une ou deux semaines. Cela donnera, de plus, l'occasion à ta mère de venir. Car j'ai l'impression qu'elle a décidé d'en finir avec ce souk, et elle me semble assez efficace quand elle est déterminée. Et puis j'ai besoin de quelqu'un qui me tienne le bras jusqu'au registre de signature et je n'ai plus que mon père, avait-il dit en souriant au milieu des décombres de son appartement.

— Je ne peux pas te laisser, tu es aussi en danger.

— Tuer un indien, ça ne fait plus recette dans les médias depuis deux siècles. Et je suis sous protection policière. Si tu ne le fais pas pour moi, fais le pour le petit navajo dans ton ventre.

Elle avait du mal à croire que ses pairs au sein du Harem aient pu commanditer cet attentat, même si SHE Harrison faisait une coupable idéale : elle savait où était Christelle, Farmington était sur son territoire, sa responsable de l'antiterrorisme était à Cleveland lundi, c'est-à-dire dans une ville contrôlée par le cartel russe de Pittsburg et surtout...l'arrêt des négociations servait ses intérêts. Coupable idéale. Beaucoup trop idéale cependant car, si elle se trompait souvent de colère, ce n'était pas une idiote et encore moins une candidate au martyr.

En revanche ce qui était presqu'incontestable, c'est que la fuite, volontaire ou pas, sur la présence de Christelle à Farmington, ne pouvait venir que des services de sécurité du Sud. C'était donc là qu'il fallait pousser car, avec le travail de terrain à Pittsburg, c'était la seule piste pour résoudre ce mystère dans un délais très bref.

Elle appela la directrice de cabinet de la Présidente, et, sans répondre à aucune question, lui demanda de remercier SHE Delaney pour son message et de lui proposer de faire le point vers 16h au Harem.

A 9h30 Debbie reçut un appel sécurisé d'Helen Ferguson.

— Debbie, nous ne recevons plus d'informations du FBI depuis près d'une heure.

— C'est juste.

— C'est une cyber-attaque de Man-Up ! ?

— Non, c'est une instruction de SHE MacDonald.

— Quoi mais…comment…pourquoi ?

— Instruction de SHE MacDonald.

— Ne me raconte pas de connerie Debbie, qu'est-ce qui se passe ?

— La fuite sur la planque de sa fille vient de chez vous.

— Quoi, c'est impossible !

— Nous en sommes sûres.

— C'est absolument impossible.

— Pourquoi ?

Après une hésitation, Ferguson répondit.

— Harrison m'a demandé de l'informer de toutes les allées et venues des membres du Harem et de leur famille, sur le territoire de la région Sud. S'ils sont repérés quelque part sur le territoire, je reçois, et moi-seule, une information codée qui mentionne le nom, doublement codé, de la personne, noyé dans une liste de vingt autres noms. C'est illisible et inintelligible, quand bien même

301

quelqu'un réussirait à hacker mon terminal, ce qui est, je suis sûre que tu l'admettras, déjà improbable.

— Donc tu étais la seule à savoir ?

— Moi et...Harrison, bien sûr.

— Envoie-moi l'information codée, telle que tu l'as reçue.

— Tu rétablis les renseignements ?

— Qu'est-ce que tu es allée faire à Cleveland ?

— Je n'ai pas à te rendre compte...

— Si. Qu'est-ce que tu es allée faire à Cleveland ?

Ferguson n'hésita pas longtemps. Debbie était au courant et O'keeffe avait sûrement déjà lâché le morceau. Et puis elle ne pouvait tout simplement pas faire son job sans l'aide du FBI.

— Harrison m'a demandé d'aller faire le point avec Lauren sur la qualité des informations que vous nous fournissiez. Elle et Van Notten avaient la conviction que vous ne disiez pas tout, et facilitiez les actions de M.A.N pour mettre la pression sur elles.

— D'où vient cette conviction ?

— Aucune idée.

— Pourquoi Cleveland ?

— L'idée je crois était que ce soit moins visible qu'à Milwaukee ou à Austin.

— Qu'est-ce que vous avez conclu ?

— A ton avis ? tu m'aurais déjà eue sur le dos si nous avions eu confirmation que vous reteniez quelque chose.

— Envoie-moi l'info codée tout de suite !

A 10H un corps décapité fut retrouvé dans une poubelle de Pittsburg. L'analyse ADN révéla que le leader de la mafia russe ne serait plus d'une grande utilité au FBI. Par son témoignage direct en tous cas, car sa disparition eu le mérite de délier les langues.

A 10h30 la porte-parole du gouvernement informa la presse qu'une conférence de presse aurait lieu, au Rose Garden, vers 17h le soir même.

A 11h, alors qu'aucun attentat notable n'avait encore perturbé le pays, quarante membres des troupes d'action de Yes SHE ! se déployèrent à partir de Geary Street, Montgomery Street, Howard Street et O'farell Street à bord de quatre Speedo Vans, pour finalement converger sur Market Street en face du siège de Man-Up !, à San Francisco.

Le siège était logé dans un immeuble qui n'avait l'air de rien, engoncé entre deux tours plus récentes de la rue des affaires de San Francisco. L'objectif était de n'être pas trop exubérant et de ne pas attirer l'attention. Le bâtiment était un peu en retrait de Market Street, séparé de la rue par une esplanade ornée d'une fontaine et de la statue d'un couple enlacé.

303

Depuis une semaine, la réception du siège était cachée par l'alignement de cinq Speedos de police qui en bloquaient l'accès. Ils ne constituèrent plus un obstacle à partir de 11h07 après que les unités d'élite de Yes SHE ! les eurent ciblées de leurs bazookas Falcon. Un des Speedo du SFPD, vide heureusement, fit même un remarquable salto arrière pour aller se planter, dans un vacarme assourdissant, dans la baie vitrée de la réception de l'immeuble de Man-Up !.

Prouvant l'adage que l'on trouve toujours plus fort que soit, le Speedo Van d'où était sorti le feu des bazookas Falcon, explosa à son tour sous l'effet dévastateur d'une rocket tirée par l'un des hélicoptères de l'armée qui venait d'apparaitre au-dessus de Market Street. Le reste du commando à peine sorti des trois Speedo vans restants, se trouva immédiatement bloqué par deux autobus vides du SF Transit, qui vinrent obstruer la rue, de part et d'autre du siège de Man-Up !. A 11h30 une trentaine d'assaillantes étaient sous les verrous sans que les forces de sécurité de Man-Up ! n'aient même eu à intervenir.

A 11h31 le siège de Yes SHE !, à Dallas, était perquisitionné et les spécialistes informatiques du FBI se mettaient immédiatement au travail. Ils confirmèrent rapidement l'absence de liens visibles entre l'organisation et l'opération de Farmington. A midi Yes SHE ! était classée association terroriste par le FBI, et interdite sur le territoire de la CNA. Au même moment le porte-parole du gouvernement qui avait appris l'opération de San Francisco via les médias, pérorait que :

— Cette opération prouve que le gouvernement fait régner l'état de droit partout, même en protégeant ses pires détracteurs. C'est cela la démocratie !

A midi trente, les médias commencèrent à conjecturer que l'attentat qui semblait avoir été dirigé contre la jeune SHE Macdonald pourrait bien être le fait de Yes SHE ! ce qui expliquerait les événements d'aujourd'hui. Les mêmes médias s'interrogeaient sur l'inexplicable silence du gouvernement.

A midi trente surtout, Karen Macdonald rentra déjeuner avec sa fille Christelle, qu'elle n'avait pas vue depuis deux mois. A une heure elle apprenait qu'elle allait être la grand-mère d'un ou d'une petit(e) Navajo, sous le regard supérieur de Lawrence, qui était déjà au courant depuis le matin et qui leur servait des hamburgers de sa composition.

A 14h puis à 14h30, elle reçut les deux confirmations de ce qu'elle savait déjà.

SHE Harrison l'appela tout d'abord :

— Karen je suis traumatisée par ce qui est arrivé à Christelle, commença celle-ci.

— Que puis-je faire pour toi ? répondit l'autre, glaciale.

— Euh…il parait que nous ne recevons plus vos renseignements. Cela va très rapidement devenir intenable. Tu sais bien que nous n'avons pas vos moyens.

— Vos services sont trop infiltrés. L'information de la localisation de Christelle est venue de chez vous.

— C'est impossible, Ferguson l'a expliqué à Debbie. Personne ne savait, sauf elle et moi.

— Pourquoi as-tu envoyée Ferguson à Cleveland ?

Harrison hésita une seconde mais pas plus d'une seconde :

— Je voulais qu'elle vérifie avec Lauren si vous nous donniez bien toutes les informations sur les attentats de M.A.N.

— D'où t'es venue cette idée ?

— Le directeur de cabinet de Delaney m'a appelé et m'a dit que la présidence avait des doutes, que tous ces attentats étaient trop bien huilés. C'est lui qui a suggéré Cleveland car c'était plus discret que Milwaukee ou Austin qui sont, comme tu te plais à le souligner lourdement, infiltrés.

— L'information sur Christelle est venue de chez vous, réitéra SHE MacDonald.

— C'est impossible ! D'ailleurs je n'en ai parlé à personne sauf…

— Oui ?

— Sauf à Delaney mardi après la réunion du Harem.

— Qu'as-tu dit ?

— Mes mots ont dépassé ma pensée.

— Pilar, qu'as-tu dit ?

— J'étais furieuse de la tournure des évènements. J'ai dit que, à un moment où nous essayions de tenir la cohésion du gouvernement, cela me semblait un très mauvais exemple que la propre fille du secrétaire d'Etat à l'intérieur s'affiche sans pudeur avec un Navajo, donc un homme libre, sur mon territoire, même si ce Navajo était un chercheur réputé de NNU.

— Qu'a dit Delaney ?

— Qu'elle ne me croyait pas. Je lui ai donc donné le nom du type.

— Je vais dire à Debbie de rétablir le flux normal de communication avec tes services. Vous n'aurez aucun attentat majeur aujourd'hui. Ne mentionne notre conversation à personne. Et, Pilar…

— Oui ?

— Les hommes vont retrouver leurs libertés, c'est maintenant inéluctable. Si j'étais toi, je les considèrerais en tant qu'électeurs comme les autres à partir de maintenant.

A 14h30 Debbie entra dans le bureau avec une information en provenance de Pittsburg. Justin 1344, le patron local de Man-Up ! en était la source. Ses équipes avaient tracé une des

307

prostituées qui avaient passé la soirée de mardi avec Piotr, le boss de la mafia russe qui avait perdu sa tête. Il aurait claironné à la fille devant témoins qu'elle était « en train de se faire baiser par le parrain qui serait bientôt le plus puissant de la CNA, et que même cette salope de MacDonald n'y pourrait rien, avec les protections qu'il avait ».

— Retrouve-moi toutes les filles et couche leur témoignage. Protection immédiate pour témoins menacés. Réoriente les interrogations des lieutenants de ce connard sur ce thème.

A 15H, SHE Weinberg annonça qu'une résolution sur l'émancipation des hommes serait proposée au vote du parlement d'Albany en juin. SHE MacDonald l'appela vers 15h30 et lui demanda de partir pour San Francisco

— Je te retrouve là-bas vers 22h.

— Qu'est-ce que tu racontes ?

— Fais-moi confiance !

A 15h55 SHE MacDonald se présentait de nouveau au portail de sécurité du Harem. Cette fois la molosse la salua respectueusement et lui dit de passer directement.

— Faites votre travail agent…Henderson, lui dit SHE Macdonald en regardant son badge et en descendant du Speedo.

La reconnaissance ADN et mémorielle faite, elle rejoignit le bureau ovale pour 16H.

A 17H SHE MacDonald se présenta au Rose Garden accompagnée de la porte-parole du Harem.

— Merci de vous être rendues disponibles pour cette conférence de presse impromptue. En accord avec la Présidente Delaney qui n'a pu se présenter devant vous pour des raisons de santé, le gouvernement a décidé de relancer les négociations avec les organisations pro-hommes. Je m'apprête donc à rejoindre SHE Weinberg à San Francisco avec l'espoir d'arriver à un accord dès ce soir.

— Comment va votre fille demanda une journaliste ?

— Christelle va très bien même si un enfant est toujours une cause de soucis pour une

mère, dit-elle, faignant la surprise.

Les murmures se propagèrent dans l'assistance.

— Pouvez-vous nous en dire plus sur l'attaque de San Francisco ?

— Nous vivons une période de troubles dont essaient de profiter tous ceux qui ne militent pas pour la démocratie. Cette attaque était une entreprise de déstabilisation de plus, par un groupe terroriste visant à saboter les négociations, parfois compliquées, que nous sommes déterminées à mener à leurs termes.

309

— SHE MacDonald, SHE MacDonald crièrent vainement les journalistes, car la secrétaire était partie.

A 22h elle atteignit la base militaire du Presidio à San Francisco où sous haute protection, elle rejoignit Christian 3776 et Sharon Weinberg pour se mettre d'accord sur un calendrier concret, mais réaliste de démocratisation complète de la Colombie Nord-Américaine.

A 23h30 elle confirma à ses alter egos étrangers que le W 10 pouvait commencer le dimanche soir, dans les meilleures conditions de sécurité.

A 7h du matin le samedi, un communiqué du Harem expliqua :

« La Présidente Delaney souhaite informer les Américaines et les Américains que les conditions sont aujourd'hui réunies pour que son vœu le plus cher puisse enfin se réaliser, à savoir le retour des pratiques totalement normales de la démocratie en Colombie Nord-Américaine, qui avaient été rendues compliquées par les dévastations de la Calamité.

En particulier la Présidente était heureuse d'annoncer :
- Un referendum en juin sur la réattribution aux hommes de tous leurs droits de citoyens et sur l'écriture d'une nouvelle constitution.

- L'élection en octobre des membres des deux chambres du congrès de la CNA selon les modalités clarifiées dans la nouvelle constitution.
- L'élection en novembre au suffrage universel de la prochaine Présidente de la CNA selon les modalités clarifiées dans la nouvelle constitution.

En tant qu'héritière de la prestigieuse lignée de femmes d'Etat qui ont dû gérer, dans des circonstances apocalyptiques, l'histoire de la CNA et du monde, SHE Delaney IV est fière de ce que le pays ait réussi à se réinventer ».

The best way to predict the future
is to invent it.

Peter Drucker

Epilogue-Karen

Karen MacDonald n'essaya même pas de retenir les larmes qui lui montaient aux yeux. Elle avait la tête appuyée sur le ventre rebondi de Cristelle et entendait le cœur du petit être battre à l'intérieur.

Soudain, elle releva la tête et regarda sa fille, émerveillée :

— Le petit coquin, il m'a donné un coup de pied ! s'exclama-t-elle en éclatant de rire.

Christelle regarda sa mère, attendrie. Le petit garçon qui aller naitre dans un mois mènerait, c'était écrit, sa grand-mère par le bout du nez !

22659373R00186

Printed in Great Britain
by Amazon